PARIS. IMPRIMERIE DE L. MARTINET, RUE MIGNON, 2.

Leroux sculp.   1845.   à son ami Desains.

C.LES P.RE A.DRE DESAINS

Professeur de dessin à l'École Normale

Membre de la Société Philotechnique &.ª &.ª

NÉ À LILLE, LE 28 MAI 1789.

Imp.º par Bordon ainé à Lille.

LAVALETT

VIENNE

GUICHA

AUDE

ADOUCETTE

OGER

FABLES

ECDOTES ET CONTES

PAR

CHARLES DESAINS.

MATHIE

DUVIVIER

OLLE

SSE

STASSARD

VIGAROSY

AUX FABULISTES DE LA SOCIETE PHILOT CHNIQUE

C. DESAINS DEL.

FABLES

ANECDOTES ET CONTES

PAR

CHARLES DESAINS

Chevalier de la Légion-d'Honneur, ancien président de la Société philotechnique.

ILLUSTRÉS PAR

BALDUS, BRASCASSAT (de l'Institut), CHAZAL,
UDER (de l'Institut), DELORME, Charles GUYOT, HÉBERT, Mlle A. L..., Eugène LAMI, LEMAITRE, LEROUX,
Alexis NOEL, NYON, Alexandre PÉRIGNON, PRADIER (de l'Institut), ROLLET, VAN DER BURCH,
Horace VERNET (de l'Institut), WATTIER et L'AUTEUR.

PARIS

CHEZ LEMOINE, LIBRAIRE-ÉDITEUR
26, PLACE VENDÔME
ET CHEZ L'AUTEUR, 8, RUE CASSETTE

1850
1849

Aux Auteurs des Vignettes.

BALDUS,

BRASCASSAT de l'Institut, A. CHAZAL,

COUDER, de l'Institut, DELORME, Charles GUYOT,

Melle L..., Eugène LAMI, LEMAITRE, LEROUX, Alexis NOEL,

Alexandre PERIGNON, PRADIER, de l'Institut,

ROLLET, VANDER BURCH,

Horace VERNET, de l'Institut, WATTIER.

Vous m'avez offert le généreux concours de vos talents ; ce trait de vos cœurs d'artistes donne la vie à mon recueil, et dit au public que je suis votre ami. Agréez l'expression de ma profonde gratitude et permettez-moi de citer, en me l'appliquant, la conclusion d'une fable illustrée par vos mains.

> ... Bénissons le créateur
> Qui, pour charmer notre existence,
> A permis qu'ici-bas l'on pût être lié
> Par les douceurs de l'amitié,
> Par les trésors de l'obligeance !
> LIV. III, FABLE 1re.

Ch. DESAINS.

I

FABLES.

LIVRE PREMIER.

LA STATUE DE LAFONTAINE

FABLES.

LIVRE PREMIER.

I.

LA STATUE DE LA FONTAINE.

Près de Château-Thierry([1]) se voit une carrière
    Au fond de laquelle on trouva
    Une énorme et brillante pierre,
    Qu'avec espoir on enleva,
    Ne la croyant pas la dernière.
Pourtant elle était seule, et les autres morceaux,

Loin d'être aussi grands, aussi beaux,

Pouvaient se comparer à la simple bruyère,

Ou bien au modeste églantier,

Végétant près du chêne altier,

Dont ils semblent doubler l'imposante stature.

Toujours ainsi, dans la nature,

Les petits font valoir les grands.

Le peuple champenois, frappé dans tous ses rangs

D'une inspiration soudaine,

A l'unique et bon La Fontaine,

Avec le bloc unique en son pays trouvé,

A l'endroit le plus élevé

Fait ériger une statue.

Tandis que ce vœu s'effectue,

Dans le sein de la terre avec soin ramassés,

Les fragments sans valeur, au lieu choisi dressés,

Se changent en un socle, et bientôt sur leur masse

Le bonhomme immortel à jamais prend sa place,

Près du foyer natal par sa muse ennobli.

Ainsi de notre fabuliste

Tous les imitateurs, dont si longue est la liste,

Loin de le vouer à l'oubli,

Sont nés pour rehausser sa gloire.

Telle est aussi ma propre histoire :

Faisant parler maint animal,

J'ai bégayé tant bien que mal

Quelques fables à ma manière;

Lecteur, je le sais trop, mon livre est une pierre

Que j'apporte à ce piédestal.

II.

LE FESTIN DU MOINEAU.

Un vaniteux Moineau qui vivait dans l'aisance
    (Un sot parfois est opulent)
    Aux oiseaux de sa connaissance
    Offrit un repas succulent ;
Avec cérémonie à l'avance il invite
Maint habitant de l'air, quelque peu parasite,
Qui venant, au jour dit, pratiquer son métier,
En savourant la figue ou le fruit du sorbier,

Exalte du festin l'ordonnance admirable,

Et pour payer comptant sa place à cette table,

Du Moineau grand seigneur il se fait un devoir

De parfumer le bec à grands coups d'encensoir.

     Car des convives c'est l'usage

     De flatter d'un plus doux langage

Celui qui les régale, à chaque mets qu'on sert;

Et tel Amphitryon est crétin, au potage,

     Que l'on dit grand homme au dessert.

Je sais plus d'un palais où cela se pratique.

Au sortir du banquet l'on fit de la musique;

Le Moineau chanta faux, l'auditoire charmé

Criait : *Bis!* au fausset de sa voix glapissante;

Et quand le Rossignol, à la voix si touchante,

Vint exhaler son chant par l'amour animé,

La majorité dit qu'il était enrhumé,

Qu'il fallait du repos pour cette maladie,

Qu'un rhume négligé finissait quelquefois

Par coûter au chanteur ou la vie ou la voix.

Le concert arrêté par cette perfidie,

On se sépare aux cris de : Vive le Moineau !
Et si l'on eût fondé parmi le peuple oiseau
    Une académie, une chambre,
Le scrutin eût choisi le donneur de repas ;
Le Rossignol, chez qui les gens ne dînaient pas,
    N'en aurait jamais été membre.

    Chez nous, on ne peut le nier,
    Les dîners ont trop d'influence,
Et de tout candidat la première science
    C'est d'avoir un bon cuisinier.

III.

LES COQS DUELLISTES.

Sur la patte d'un Coq un Coq avait marché ;
Ce fait involontaire, aigrement reproché,
    Entre eux fit naître une querelle,
    Et puis après ce qu'on appelle
Une affaire d'honneur. Chacun prend son témoin ;
    Ils vont se cacher dans un coin,
Comme des criminels, pour s'arracher la vie.
Voilà ce que leur dit, en voyant leur furie,

Un Coq qui les guettait de loin :

Hé quoi ! craignez-vous donc que notre cuisinière

N'abrége pas assez le cours

De vos jours ?

Vos Poules, vos Poussins, vos amis, votre mère,

'Que vous abandonnez par une erreur grossière,

Ne réclament-ils plus vos soins et vos secours ?

A vous assassiner, vous mettez de la gloire !

Que n'avez-vous plutôt présent à la mémoire

Ce Renard dont vos fils ont engraissé le flanc ;

Combattez-le, trempez vos ergots dans son sang,

Vous chanterez alors une juste victoire.

Mais croiser votre bec contre un bec fraternel,

C'est une absurdité sauvage,

Et ce n'est pas le vrai courage ;

Car on peut, sous le joug d'un préjugé cruel,

Être un Coq sans valeur et se battre en duel.

Cessez, mes chers amis, de vous prendre à la gorge,

La vie encor pour vous a des moments si beaux ;

Dieu libéralement sema d'avoine et d'orge

La terre où sans chagrins vivraient tous les oiseaux,

    S'ils se montraient plus d'indulgence.

    Vous survient-il un différend?

    Consultez d'un ami prudent

    La bienveillante expérience,

Il vous inspirera des sentiments plus doux.

    Mais, je le vois, ma remontrance

    Adoucira votre courroux;

Votre œil moins enflammé d'un plus doux regard brille,

Au fond, cette querelle était une vétille;

    Allons, voyons, embrassez-vous!

    La paix est faite et voilà comme

On peut, malgré la haine et l'irritation,

Chez des Coqs furieux ramener l'union.

    Que n'en est-il ainsi pour l'homme?

IV.

LE POETE ET LE RUISSEAU.

Un Poëte, amateur de la belle nature,
Pour admirer les champs sortit de grand matin ;
Il n'était pas de ceux qui, farcis de latin,
Auprès de leurs tisons dépeignent la verdure,
Ou qui, de l'aube en pleurs modérément touchés,
    N'ont vu l'aurore qu'en un rêve,
    Et qu'on trouve toujours couchés
    A l'heure où le soleil se lève.

Au chant de l'oiseau printanier,
Si joyeux quand des nuits le voile se soulève,
A l'éclat dont brillaient aubépine et pommier,
De leur neige de fleurs embaumant la contrée,
Le rimeur s'exaltait, et sa muse inspirée
Semblait se réveiller avec le monde entier.
Il voulait tout chanter : sa verve ambitieuse
    Célébrait d'abord le Ruisseau
Qui, parmi les rochers voisins de ce coteau,
Cachait en murmurant sa course harmonieuse.
Doux Ruisseau, disait-il, combien j'aime tes bords !
Même sans t'avoir vu, je me sens plus en veine ;
Tu roules dans tes flots de gracieux accords,
Mes vers, ainsi que toi, vont couler sans efforts
    Et tu deviens mon Hippocrène.
Il s'élance, à ces mots, pour y boire à longs traits.
    Mais loin d'avoir autant d'attraits,
Ce Ruisseau, qu'il croyait riche d'une eau si pure
    Que, sur la foi de son murmure,
    Il allait appeler cristal,

Bourbeux comme un fleuve infernal,

Traîne une vase jaunissante

Que le chantre désenchanté

Par la triste réalité

Éloigne avec dégoût de sa lèvre prudente.

Plus d'un fourbe au cœur vil vous séduit par les jeux

D'un langage doux et perfide ;

Fuyez-le, mes amis, c'est le Ruisseau fangeux

Qui murmure aussi bien que le ruisseau limpide.

V.

LA MUSIQUE ET LES PAROLES.

Mon voisin le compositeur
Écrivait tristement un opéra comique.
Tous ses morceaux n'étaient que du bruit sans valeur,
   Il en cherchait la cause avec ardeur,
    Lorsqu'il entend dame Musique
    Aux Paroles, d'un ton moqueur,
    Reprocher son chant protecteur
Qui les soustrait parfois aux dards de la critique.
    Rendez grâces à ma bonté,
Leur dit-elle, par moi vous êtes quelque chose.

2

Malgré le sens banal, malgré la nullité
De vos vers, qui souvent ne sont que de la prose,
Profitant des succès que moi seule je cause,
Vous volez sur mon aile à l'immortalité!

  Les Paroles, de leur côté,

  Disaient : Finiras-tu ta gamme?

Tu chantes faux, ma chère, à tort ta voix réclame,

  On ne te doit rien, Dieu merci,

Si tu peux nous servir, nous te servons aussi,

  Car si tu n'as point la parole,

  Réduite au langage frivole,

Qui s'éteint dans l'oreille et ne va pas au cœur,

  Du concerto, de la sonate,

Dont l'éternel ramage endort plus qu'il ne flatte,

  Tu viens ennuyer l'auditeur.

Va, Musique, sans nous tu serais bien à plaindre,
Tu nous gâtes souvent, mais si tu peux atteindre
A l'honneur d'éveiller quelques émotions,
C'est lorsqu'aux sentiments que nous avons su peindre
Tu daignes emprunter tes inspirations.

Ces Paroles étaient par trop mauvaises langues ;
La Musique, voulant répondre à leurs harangues,
    Fit un vacarme assourdissant,
    De nos jours c'est son habitude.
Si bien que l'Amphion, troublé dans son étude
    Par ce conflit toujours croissant,
    Sut réunir ces querelleuses,
Les changea désormais en sœurs harmonieuses ;
    Et de la paix qui s'opéra
    Soudain naquit un opéra
    Dont le succès devint immense.

Dans les troubles civils lorsqu'un peuple s'élance,
On entend des partis la discordante voix
Insulter l'harmonie, anéantir ses lois ;
    Honneur alors au puissant politique,
    S'il peut, après un noble effort,
    Ramener au parfait accord
    Les Paroles et la Musique.

VI.

LES MATOUS ET LA CHATTE.

Pour conquérir l'amour d'une Chatte assez belle,
Des Matous furieux un soir se poursuivaient.
La Chatte aime beaucoup qu'on se batte pour elle.
　　Aussi de toute part pleuvaient
　　Des coups de griffes qui gravaient
Sur plus d'un champion leur empreinte sanglante.
Tandis qu'à ce combat chacun d'eux prenait part,
Un seul des prétendants se tenait à l'écart

Dans une attitude prudente.
C'était un Chat poltron (il n'était pas Français),
Avide, cependant, des amoureux succès.
Dès qu'il vit s'éloigner la troupe turbulente,
    A la belle il vint sans façon,
En faisant le gros dos, présenter son hommage,
    Quand pour lui faire une leçon
La Chatte avec dédain miaula ce langage :
Éloigne-toi, Matou sans force et sans honneur,
    Une Souris te ferait peur,
Pour un lâche crois-tu que jamais je soupire?
Si tu veux que je t'aime, il faut que je t'admire.
Par quelque trait hardi montre-moi ta valeur,
Tu m'offriras après et ta patte et ton cœur.
Ce Chat humilié devint un diable à quatre ;
Plein d'amour et d'espoir, il ne fit que se battre,
Défit tous ses rivaux, en vainqueur généreux
Partagea tous les jours sa pâtée avec eux,
Et du vertueux Chat devint le vrai modèle.

Chattes de mon pays, voilà ce que j'appelle
  Un exemple à suivre pour vous;
Puissiez-vous ne jamais exercer la puissance
De vos airs gracieux, de vos regards si doux,
Que pour mieux diriger vos amis, vos époux,
  Vers les vertus et la vaillance;
Les bonnes Chattes font toujours les bons Matous.

———

VII.

LE LIÈVRE ET LE CHIEN.

Légèrement blessé par un jeune chasseur,
    Un Lièvre fuyait dans la plaine,
Mais précédant de peu le Chien, leste coureur,
Et prévoyant les maux d'une perte certaine,
Il se blottit, lassé d'inutiles détours ;
Puis, sous l'arrêt du Chien, il risque ce discours,
    Que l'espoir de la fuite inspire :
Eh quoi ! c'est sous ta dent qu'il faudra que j'expire ?

Toi, dont tous les pays proclament la bonté,

　　　Tu vas donc mettre à la torture

　　　Une plaintive créature

　　　Qui ne te nuit d'aucun côté?

Que ne réserves-tu ta haine et ton courage

Pour punir le voleur, de rapine affamé,

Qui peut venir la nuit, par un coin mal fermé,

De ton maître endormi dévaster l'héritage?

Mais moi, faible, craintif, je ne fais nul dommage;

A me détruire ainsi qui peut vous engager?

Mon seul crime est, je crois, d'être bon à manger;

J'en suis bien malheureux. Eh! que n'est-on encore

A ce temps d'innocence où l'homme frugivore

　　　Au bon droit ne dérogeait pas

　　　　Pour un repas!

Le paisible gibier, sans crainte pour la vie,

Paissait tranquillement l'herbe douce et fleurie.

Comme en ces jours de paix soyons encore unis!

Quoi! vous faut-il du sang pour fêter vos amis?

Et ton riche patron, chez lequel tout abonde,

Ne peut-il, sans civet, régaler tout son monde?
Accorde-moi la vie, au nom de mes enfants,
Leur âge veut encor mon aide paternelle.
Suis de ton cœur si bon la pente naturelle :
Tu feras des heureux et des reconnaissants.

Le Chien allait céder, ému de la prière,
Lorsqu'il entend venir, dans l'épaisse bruyère,
Ce maître dont il prit les goûts et les penchants.
Il saute sur le lièvre, il l'étrangle à la hâte,
Prouvant ainsi, je crois, que le meilleur se gâte
    Lorsqu'il fréquente les méchants.

S.

VIII.

LE RENARD ET LA POULE.

Un Renard, que les maux et l'âge avaient glacé,
Se chauffait au soleil non loin de sa tannière :
Il paraissait toucher à son heure dernière,
    Tant il était vieux et cassé.
    Soudain paraît une poulette,
    Toute blanche, accorte, bien faite,
    Telle enfin que notre matois
    En croquait beaucoup autrefois.

LE RENARD ET LA POULE

Eh! bonjour, dit-il, ma petite!

Comment vous portez-vous? Comme vous passez vite!

    Ne pourrait-on vous dire un mot?

Loin de votre logis, vous vous perdez sans doute;

Approchez-vous de moi, je vous dirai la route

    Qui vous y conduira bientôt.

La Poulette, malgré cette voix obligeante,

Par un instinct secret se montrait défiante;

Le galant dit encor : Je ne puis plus bouger,

Mes yeux sont presque éteints, et je cours le danger

De mourir sans avoir le secours de personne,

    Car je suis veuf et sans enfants.

    Ah! si pour charmer mes vieux ans

    Vous deveniez mon Antigone,

Je saurais, en dépit de mes collatéraux,

    Qui voudraient me voir dans la bière,

    Vous instituer l'héritière

Des biens que j'amassai durant mes longs travaux.

Il me serait si doux de vous nommer ma fille!

Vous me tiendriez lieu d'amis et de famille,

Et toujours près de moi traitée avec douceur,

Vous seriez tout heureuse en faisant mon bonheur !

La Poule, trop crédule, écouta ce langage ;

    On ne la vit plus au village.

Ce Renard presque aveugle et soi-disant perclus,

Qui mourant murmurait des promesses touchantes,

    Trouva des forces suffisantes

    Pour faire un mauvais coup de plus

Et s'endormir encor sur des plumes sanglantes.

    Avis aux Poules imprudentes !

IX.

LE SERIN ET LE CHAT.

Vers mil sept cent quatre-vingt-treize,
Un beau serin chantait l'air de *la Marseillaise.*
De sa voix avec art réservant les moyens
Pour l'endroit où l'on dit : *Aux armes, citoyens !*
Il exaltait les gens ; tel autrefois Tyrtée
Enfanta des héros dans la Grèce agitée.
De l'oiseau merveilleux le professeur tout fier,
En assignats comptants se le fit payer cher ;

Il était temps : le Serin patriote
Qui sous le Consulat chante la même note,
    Paraît d'abord fastidieux,
    On entend dire qu'il radote,
    Puis réputé séditieux.
Comme tant d'innocents que l'on a vu proscrire,
Le pauvret, condamné pour son noble refrain,
Est croqué par le chat d'un ex-républicain,
    Devenu baron sous l'Empire.

    Je suis affligé que ce Chat
Ait mangé le Serin, j'en aurais fait l'achat,
    Car dans notre temps, à vrai dire,
    Ce n'est jamais un fait commun,
Dans le champ des beaux-arts ou de la politique,
    De mettre la main sur quelqu'un
    Qui n'ait pas changé de musique.

———

X.

LES CANARDS.

Après un long hiver enfin il dégelait;
A la pluie, en fondant, la neige se mêlait;
Et ce double tribut, joint au cours de la Seine,
Avait de flots jaunis si loin couvert la plaine,
Qu'un bourg des environs fut presque submergé.
L'honnête paysan, tout à coup obligé
D'abandonner le toit de la douce chaumière
   Où longtemps il vécut heureux,

Dans sa fuite souvent reportait en arrière

    Un regard fixe et douloureux.

Enfin tout avait fui de ce lieu de tristesse,

    Tout, excepté certains Canards,

Qui faisaient, par des cris rauques et nasillards,

Éclater les transports d'une sotte allégresse.

L'un d'eux, guide effronté des autres compagnons,

Avec morgue leur dit : Chers amis, nous régnons !

L'homme ne paraît plus, et, si je suis bon juge,

Son espèce a péri dans ce complet déluge.

Plus d'arche, cette fois, pour sauver nos tyrans !

Le Ciel, honteux enfin d'éclairer ces méchants,

Fait peser sur eux tous sa rigueur salutaire

Et veut que nous soyons seuls maîtres de la terre !

D'un *can can* général l'orateur applaudi,

Dans ses autres discours fut encor plus hardi.

Mais après quelque temps l'on quitta ce langage ;

L'onde reprit son lit et laissa sur la plage

Nos souverains à sec, devenus trop heureux

    De retourner vite chez eux,

Abdiquant du pouvoir l'idée ambitieuse,
Barboter, comme avant, dans la mare fangeuse.

Parfois des sots et des méchants,
Protégés du hasard, deviennent tout-puissants;
Ne craignez rien de leur audace;
Cultivez avec soin le talent, les vertus,
Votre tour doit venir, vous aurez le dessus,
Car le ciel à la fin met chacun à sa place.

XI.

LE LIERRE ET LE PAPILLON.

Quoi! jamais tu ne changeras,
Et toujours tu voltigeras!
Au Papillon disait un jour le Lierre.
Dans ta sympathie éphémère,
De la Rose, en passant, tu fanes la beauté;
Pauvre fleur, dont la peine amère

Courbe la tige solitaire
Après ton infidélité.
Moi, loin qu'un tel travers me puisse être imputé,
De l'ami de mon cœur jamais rien ne m'arrache;
Quand tu sembles si fier de ta légèreté,
    Je veux mourir où je m'attache.
Oui, dit le Papillon, je sais que dès longtemps
        Tu fus la fidélité même;
        Je sais aussi qu'à des amants,
        Qui n'en furent pas plus constants,
        Quelquefois tu servis d'emblème.
Mais lorsqu'à ton ami, pour prouver ton ardeur,
De tes bras éternels tu l'étreins avec force,
        Tu vis des sucs de son écorce;
Et si de cet ormeau, dont tu fais le malheur,
Tu ne prenais le tronc pour soutien et pour guide,
Traînant sous l'herbe vile une branche timide,
        Tu végéterais sans honneur.
Cesse donc de vanter ta constance hypocrite;
Tu n'es, tout comme moi, qu'un être parasite,

Préférant qui te sert, embrassant qui te plaît.

Va, plus souvent qu'on ne le pense,
Nous mesurons notre constance
Au tarif de notre intérêt.

———

XII.

LES LAPINS.

Un vieux châtelain d'autrefois
    Passait tout son temps à la chasse ;
Il n'était au pays ni Lapin, ni Bécasse,
Ni Faisan, ni Chevreuil, qu'il ne mît aux abois ;
Aussi de ses vassaux foulant aux pieds les droits,
Il s'inquiétait peu de ravager leurs terres,
Comme les ravageaient auparavant ses pères.
Ce petit peuple, enfin, fatigué d'un labeur

Supporté pour des chiens et pour sa seigneurie,
En prononçant les mots de Lois et de Patrie,
Attaque le tyran, le chasse avec fureur,

    Et se fait à son tour seigneur.

Le gibier, qui cessait de devenir la proie
Du noble braconnier, par des signes de joie
Exprimait son bonheur; on remarquait surtout
Les Lapins, des terriers abandonnant la voie.
Nous sommes, disaient-ils, enfin venus à bout
De bannir ce veneur et toute sa séquelle.
Délivrés à toujours de la meute cruelle,

    Des gardes-chasse, des furets,

    Nous pouvons vivre en ces forêts

Sans redouter qu'un jour nos toisons soient vendues
A ces vils brocanteurs qui braillent dans les rues.
Nous n'allons plus mourir qu'abattus par le temps,

    Sous lequel tout mortel s'incline,

    Et ce n'est plus pour la cuisine

    Qu'on élèvera des enfants.

A bas le grand seigneur! Vivent les paysans!

Puis ils sont accostés par un de leurs confrères.

C'était un vieux Lapin, fort habile en affaires,

   Et qui, sous tout gouvernement nouveau,

Avait eu le talent de conserver sa peau.

Que faites-vous? dit-il, pourquoi ces airs de fête?

N'aimez-vous plus la vie? ou perdez-vous la tête?

Le Lapin n'est-il plus un manger délicat?

Vous ne sentez donc point la poudre du combat

    Dont l'approche est si menaçante?

Un ennemi s'éloigne, un autre se présente;

    Car si les hommes sont égaux,

    C'est par leur goût des bons morceaux.

Dans vos trous, croyez-moi, reprenez votre place,

    Et quittez vos illusions.

Quand on est, comme nous, sans force et sans audace,

On n'a rien à gagner aux révolutions.

Fuyez..... A peine il dit ces prudentes paroles,

    S'éloignant des Lapins frivoles,

Qu'on entend accourir le peuple tout entier,

    Tournant sur l'innocent gibier

Le fusil qu'il tourna contre la tyrannie.
La plupart des Lapins y perdirent la vie.

Ainsi de tout gouvernement
L'on aime assez le changement,
Chez les Lapins et chez les hommes.
En arborant d'autres couleurs
Nous croyons chaque fois à des destins meilleurs,
Et, pauvre gibier que nous sommes,
Nous ne faisons que changer de chasseurs.

XIII.

LES DEUX CHIENS.

Le nez tenu captif dans une muselière,
Un Chien suivait de loin son maître dans Paris.
Il découvre, en flairant, de succulents débris,
Dont, s'il eût été libre, il aurait bien su faire
    Un déjeuner des plus exquis.
Cependant de l'odeur il faut qu'il se contente.
    A ses yeux alors se présente
    Un caniche bien endenté,

Dont la mâchoire en liberté
Se met à croquer la trouvaille
A la barbe du Chien qu'il raille.
Pauvre sot ! nul bonheur n'existera pour toi,
Tant que sous ce tyran, dont la barbare loi
A tes moindres désirs met toujours une entrave,
Tu voudras végéter et ramper en esclave.
Quitte-le, camarade, et prends la clef des champs,
Comme moi, jette au loin le collier de misère,
C'est l'avis aujourd'hui des plus honnêtes gens,
Qu'il faut aux Chiens de notre temps
L'indépendance tout entière ;
Boire quand on a soif, manger quand on a faim,
Dormir si le sommeil pèse à notre paupière,
Et mille autres choses enfin
Que sans permission l'on devrait pouvoir faire !
Viens avec moi ; vivant tous deux au jour le jour,
Nous verrons devant nous se dérouler la vie
Comblée, au gré de notre envie,
De douce liberté, de hasard et d'amour !

Non, répondit le Chien fidèle,

Tu montres pour moi trop de zèle ;

Je me trouve assez libre et j'aime mon patron ;

Bien qu'il ait des travers, il est juste, il est bon ;

Sa femme, ses enfants, me pleureraient peut-être,

Si près de leur foyer j'allais ne plus paraître

Et laisser sans gardien le seuil de leur maison.

Adieu, mon cœur et ma raison

Ne me permettent pas d'abandonner mon maître.

Il dit, puis au sifflet il obéit et part.

Lorsqu'il repasse un peu plus tard,

Il voit le pauvre camarade

Sur le sol étendu, haletant, bien malade,

Presque sans connaissance ainsi que les mourants ;

Le malheureux venait, dans son second service,

D'avaler ce poison que répand la police

Pour détruire les Chiens errants.

Ah ! dit le moribond, ma conduite est punie ;

J'ai quitté des amis qui veillaient sur ma vie,

Je fus ingrat et je fus imprudent.

Si je vécus indépendant,

A moi la liberté se montre bien cruelle,

Et je vois, mais trop tard, dans ma douleur mortelle,

En comparant ton sort au mien,

Que c'est parfois pour notre bien

Que notre maître nous muselle.

XIV.

LE LION ET LE MENDIANT.

Un énorme Lion sur un troupeau s'élance :
La terreur et la mort planent à ses côtés,
Les moutons expirants, l'un sur l'autre jetés,
De sa dent criminelle attestent la puissance ;
Et lorsqu'autour de lui tout est sans existence,
Il traîne sa richesse au fond d'une forêt,
Asile ténébreux d'un sauvage silence.
Là, l'horreur de son crime à ses yeux apparaît ;

Le sang qu'il a versé pèse enfin sur son âme.

J'aurais pu, pensait-il, encourir moins de blâme

En ménageant un peu ces pauvres animaux.

J'avais peu d'appétit; ma rage impitoyable

    A commis seule un crime irréparable;

Et maintenant, privé d'un vertueux repos,

Je sens que le remords est le plus grand des maux.

A peine il achevait, que dans la clairière,

    Que le zéphir ouvre en fuyant,

    Il voit passer un Mendiant

Au teint hâve et terreux, affamé, pauvre hère,

    Vrai favori de la misère,

Dont l'œil semblait chercher de quoi faire un repas.

Ami, dit le Lion, ne vous effrayez pas,

    Je n'en veux point à votre vie;

Au contraire, en ce jour, c'est moi qui vous convie

A prendre votre part du butin que voici;

Emportez-en beaucoup, sans avoir de souci:

Puissent vos chers enfants et votre ménagère

    Voiler un moment leurs chagrins

Pour se réconforter d'un peu de bonne chère
    Partagée avec vos voisins.
Et si ces bonnes gens, à l'aspect de l'aubaine,
Paraissent désireux d'en obtenir autant,
Montrez-leur ces moutons, que chacun d'eux en prenne,
J'en lève ici la patte, il s'en ira vivant;
Allez. L'on pense bien que l'homme à la besace
    Accepta l'invitation,
    Trouvant ainsi près d'un Lion
Plus de soulagement que chez sa propre race.
Il disait, en gagnant son habitation :
Contre l'or mal acquis l'on serait sans rancune,
Si tout homme enrichi par d'odieux succès
    Voulait, à force de bienfaits,
Se faire pardonner son injuste fortune.

XV.

LA MARMITE DE TERRE ET LA SOUPIÈRE D'ARGENT.

Notre sort est bien différent,
Disait hier en murmurant
De terre une pauvre Marmite
A la Soupière dont l'argent
Composait seul tout le mérite,
Ce que je vaux semble inconnu,
L'on me méprise, l'on m'évite.
Toi, dès que tu parais, l'on t'approche au plus vite,

Surtout si le potage en tes bords contenu

Laisse aux yeux du dîneur depuis longtemps venu

S'évaporer enfin l'odorante fumée,

D'un succulent repas préface accoutumée,

Tu viens toujours trop tard au gré de plus d'un vœu ;

Sur ton orbe éclatant avec joie on se mire,

    Mais, permets-moi de te le dire ;

Officier de salon, tu ne vas pas au feu,

    Ou du moins tu le vois si peu

    Qu'à peine ton corps s'en reflète ;

Tu jouis des succès que mon travail apprête,

Et quand, trônant superbe ainsi qu'un empereur,

Tu reçois sans façons de tout être qui dîne

    Les caresses et la faveur,

Du consommé vraiment l'on te croirait l'auteur ;

Cependant il a pris son goût, sa bonne mine,

Dans mes flancs calcinés au feu de la cuisine.

Je consume mes jours, pour ta célébrité,

    Au sein du foyer qui me tue,

Puis la mort met le comble à mon obscurité

4

En jetant mes tessons dispersés dans la rue.
Tu le vois bien, jamais les hommes n'ont été
    Les partisans de l'équité,
    Et ce fut, la chose est certaine,
    Pour la marmite de *Mécène*,
Autrefois exposée au sort que je subis,
Que Virgile écrivait le : *Sic vos non vobis*.

    A la cuisine, aux bureaux, à la guerre,
    Ne voyons-nous pas trop souvent
    Tout le mérite au pot de terre,
    Tous les honneurs au plat d'argent?

XVI.

LA DAME ET SON CHIEN.

Azor, viens donc, Azor, indocile animal !
Comment ! tu ne vois pas, en faisant l'intrépide,
Qu'après ce tilbury tu te donnes un mal
Qui n'aboutit à rien : ta morsure stupide
N'arrête point la roue, et son cercle rapide
Te prouve en s'éloignant qu'Azor est un grand sot.
Vous n'avez pas raison de m'infliger ce mot,
Madame, il est injuste, et l'on devrait, je pense,

Accorder à l'erreur un peu plus d'indulgence,

    Car au malheur de se tromper

    Personne ne peut échapper.

Vous qui portez du fard pour nous cacher votre âge,

Vous voudriez du temps ralentir le passage;

Le temps, malgré vos vœux, passe rapidement.

Votre fils, poursuivant la gloire littéraire,

Qui devant lui s'envole obstinément,

Fait des livres qui vont mourir chez le libraire,

Et dont vous payez cher les frais d'enterrement.

Quant à votre mari, d'ailleurs fort galant homme,

Que pour un bel esprit dans la ville on renomme,

Il passe quelquefois de longues nuits au jeu,

Et quand il joue on voit que ce n'est pas pour peu.

Cependant, que veut-il, votre époux, quand il joue?

De la fortune il croit pouvoir fixer la roue,

Y parvient-il jamais? Vous savez bien que non;

Il a, dans peu de temps, ruiné sa maison,

Sans épargner la dot de votre pauvre fille.

Celle-ci, loin des jours où la femme est gentille,

Voudrait, malgré son âge et quelques cheveux blancs,

    Arrêter encor les galants ;

Il passent sans savoir si votre fille existe.

Ainsi, dans ce moment, chacun de nous persiste

    A poursuivre une ombre, et voilà

    Comment l'on peut, sur cette terre,

    Avoir en tête une chimère

    Et n'être pas sot pour cela.

XVII.

L'ŒILLET, LE LYS ET LA LIMACE.

Prends garde, disait un Œillet
Au Lys, cette candide plante,
Une Limace repoussante
Vient de commencer son trajet
Au pied de ta tige élégante.
Ami, je suis reconnaissant
De ton obligeante parole,
Dit le Lys, mais avant l'instant

L'OEILLET, LE LYS ET LA LIMACE.

Où cet animal dégoûtant
Rampera jusqu'à ma corolle,
Le jardinier, mon protecteur,
Qui non loin de nous fait sa ronde,
Ecrasera la bête immonde
Sous le poids de son pied vengeur.

Avant qu'un brave homme fléchisse
Sous les coups ténébreux portés à son honneur,
 Ainsi du calomniateur
 Le mépris public fait justice.

XVIII.

LA TORTUE, LES POULES ET LE COQ.

Après de longs revers, dame Tortue un jour
Est mise à la retraite en une basse cour.
La volaille en émoi s'effraie à cette vue ;
Comme oiseau courageux la Poule peu connue
     Alors se gardait d'approcher
Ce dôme inanimé que l'on voyait marcher.
La peur voit tout en noir et jamais ne raisonne ;
Car la Tortue est bien la meilleure personne

Que l'on puisse trouver parmi les animaux.

Au bout de quelque temps, les timides oiseaux,

Voyant que l'étrangère était loin d'être à craindre,

Voulurent de ses maux entendre le récit.

     Plus d'une Poule la plaignit;

On est bien près d'aimer ceux que l'on vient de plaindre,

     On l'aima petit à petit,

     Et l'inoffensive amphibie,

     Par un accord touchant et neuf,

Obtint au poulailler le droit de bourgeoisie.

Un jour, ne croyant pas manquer de courtoisie,

La Tortue, à son tour, se mit à pondre un œuf.

Toute pondeuse alors contre elle se déchaîne.

Ce sont des coups de bec, ce sont des cris de haine

Mille fois répétés par la foule en courroux :

Voyez le bel oiseau pour frayer avec nous,

     Disait une jeune Poulette;

Sans doute à notre Coq elle fait les yeux doux;

     Qui sait si cette bonne emplette

     N'aura pas la prétention

De fournir le logis, en toute occasion,

    D'œufs à la coque et d'omelette?

    La mort! et plus de charité

    Pour ces oiseaux à quatre pattes

    Qui viennent pondre en nos pénates

Et violer les lois de l'hospitalité.

Mesdames, dit un Coq, soyez plus généreuses :

    Loin de vous montrer envieuses,

Gardez-vous de placer au rang de vos malheurs

    Les succès qu'obtiennent les autres ;

    Si quelque talent brille ailleurs,

    Est-ce donc aux dépens des vôtres?

La Tortue a fait bien, tâchez de faire mieux,

Elle pondit un œuf, eh bien! pondez-en deux!

XIX.

LES DEUX MARTEAUX.

D'un saint, à mon chevet, voulant clouer l'image,
 Dernièrement je me servis
 Du Marteau qui de père en fils
 A passé dans notre ménage.
Ebréché par les coups, arrondi par l'usage,
Cet outil, dès longtemps, n'était plus des meilleurs,
Et bien qu'à m'en servir je sois assez habile,
 Il donnait son coup indocile

Il appelle, on accourt, on tremble pour sa vie;

Dès ce moment Mondor est en paralysie.

Heureusement le mal, par les soins arrêté,

N'afflige cette fois que chaque extrémité;

Tout le reste conserve une santé brillante.

En plaintes, cependant, le perclus se confond,

    Et dans son désespoir profond,

    Quand nuit et jour il se lamente,

Il demande pourquoi le Destin le tourmente.

Le Destin apparaît, et bientôt lui répond :

Mes arrêts, tu le sais, sont toujours sans réplique.

Il fallait qu'un mortel devînt paralytique,

C'est toi que j'ai choisi, je ne m'en repens pas.

A qui pouvais-je mieux m'adresser ici-bas?

Me fallait-il frapper le père de famille

Dont la seule santé compose tous les biens

Que le ciel lui donna pour établir sa fille,

Et faire de ses fils d'utiles citoyens?

Ou devais-je arrêter ce riche vénérable,

Qui, modérant son luxe et bornant son repos,

Sait consacrer de l'or et de nobles travaux
A calmer les malheurs qu'endure son semblable ?

    Non, non, l'homme trop fréquemment
Se plaint avec raison de mon aveuglement ;
Je fais, cette fois-ci, le moins de tort possible ;
Je suis même étonné de t'y voir si sensible ;
On te croirait en butte au sort le plus fatal.
En t'immobilisant, t'ai-je fait tant de mal ?
Je te prive des bras, tu n'en savais que faire ;
Tes jambes, dès longtemps, étaient du superflu,
Tu peux encor manger, ton estomac digère,
C'est tout ce qu'il te faut, et de quoi te plains-tu ?

XXI.

LE CHIEN ET L'ÉCOLIER.

Un pauvre Chien abandonné
  De son maître et de sa maîtresse,
Mourant de faim, de froid, plus encor de tristesse,
Gisait près d'une borne, à mourir condamné,
Sans avoir par sa faute encouru sa détresse.
Le malheur rend injuste : il crut que des enfants,
Qui sortaient de l'école, en leur course légère

    Insultaient, par des jeux bruyants,

A sa laideur, à sa misère.

Il toucha de ses dents la jambe de l'un d'eux.

Les passants, effrayés, s'apprêtaient à détruire

Ce vilain animal qui semblait dangereux.

Mais l'Écolier mordu n'y voulut pas souscrire;

    Il avait le cœur généreux.

Il voit le repentir de cette pauvre bête,

Qui, tremblante à ses pieds, demande son pardon.

Il l'adopte, l'emmène en sa propre maison,

Où le Chien trouve alors une douce retraite.

L'animal, désormais, respecta tout passant,

Ses yeux pleins de bonté lisaient dans ceux du maître,

Auprès duquel il fut soumis et caressant.

Du bien qu'on lui faisait toujours reconnaissant,

    Mieux que l'homme il valait peut-être,

Et jamais au logis, depuis qu'il fut trouvé,

L'on n'eut un seul regret de l'avoir conservé.

    N'en voulons pas au pauvre diable

    Qui nous témoigne de l'humeur;

5

S'il avait un appui, quelque peu de bonheur,

Sans doute il serait plus aimable.

Eh bien, ce bonheur, cet appui,

Si nous pouvons, donnons-le lui.

XXII.

LES DEUX ROSIERS ET LE CHARDON.

Au retour du printemps, brillaient, dans un parterre,
Deux Rosiers, qu'unissait le sort le plus prospère.
L'un vers l'autre penchés par un vœu mutuel,
Ensemble ils confondaient leurs fleurs et leur feuillage,
Et dans ce nœud charmant, qu'ils croyaient éternel,
De l'hymen le plus doux ils présentaient l'image,

XXIII.

LE JEUNE HOMME ET LE VIEILLARD.

Bonhomme, vous rêvez, quoi! prendre un parapluie
    Qui vous fatigue et vous ennuie,
    Quand ce matin le temps est des plus beaux.
Voyez ces papillons, entendez les oiseaux,
Annonçant au pays un jour pur et tranquille,
Et débarrassez-vous de ce meuble inutile;
A moins que votre but ne soit de garantir
Votre teint du soleil qui le pourrait ternir.

LE JEUNE HOMME ET LE VIEILLARD.

Ainsi parlait un jeune homme futile

    A l'aspect d'un sage vieillard,

Qui, paisible porteur d'un modeste rifflard (²),

En rêvant au passé s'éloignait de la ville,

    Et livrait ses pas au hasard.

    Le freluquet, si bien en veine,

    S'élance gaîment dans la plaine,

Et jette encor de loin plus d'un mot goguenard.

    Tout à coup, le ciel devient sombre,

Le tonnerre s'annonce en lointains grondements,

    Au choc des nuages sans nombre,

    Poussés par la fureur des vents,

    Bientôt l'eau tombe en froids torrents

Sur ces lieux où d'un toit ne se montrait pas l'ombre.

    Notre barbon assez dispos,

Grâce au meuble emporté par simple prévoyance,

Sans craindre ce déluge avec lenteur s'avance,

Quand le railleur revient, et mouillé jusqu'aux os.

Venez, dit le Vieillard d'une voix modérée,

    Venez partager cet abri

Dont là-bas vous avez tant ri.
De la légèreté que vous m'avez montrée,
   Je suis loin d'avoir de l'humeur ;
Je sais trop qu'à votre âge on croit à la durée
   Et du beau temps et du bonheur.
Puissiez-vous conserver une si douce erreur !
Pourtant n'y comptez pas, rarement sur la terre
On trouve de beaux jours sans désenchantement ;
On se croit sûr du ciel et d'un destin prospère,
La fortune et le ciel changent rapidement.
Sur la prudence, enfant, que votre cœur s'appuie ;
   Malgré le beau temps du matin,
Sachez prévoir l'orage et le mauvais destin,
Et contre tant de maux qui pleuvent sur la vie,
   Ne soyez pas sans parapluie.

XXIV.

LES RATS.

Des Rats venus dans un grenier
        Y trouvèrent une omelette
Ayant si bonne odeur qu'elle paraissait faite
Pour la collation de quelque financier.
Autour d'elle aussitôt les rongeurs sont à table ;
Mais l'un d'eux, né sensible et partant charitable,
Fut d'avis que personne au festin ne prît part
Que l'on n'eût fait venir un vieux rat, bon vieillard ;

Dont la misère était connue,

Et qui, dans un combat

Soutenu contre un Chat,

Avait un jour perdu la vue.

Cet élan d'un bon cœur fut par tous approuvé.

Puis vers le vieil infirme, en son logis trouvé,

Arrive, au petit trot, l'obligeante ambassade.

Maint aveugle est connu pour n'être pas maussade,

Le nôtre fut charmé de l'invitation ;

Mais lorsque d'omelette ils firent mention,

Il leur dit : Gardez-vous de toucher cette proie !

Ce mets, dont l'apparence a causé votre joie,

Cache de l'*arsenic*, poison si violent

Que l'homme le choisit, dans sa rage implacable,

Dès qu'il veut, à coup sûr, détruire son semblable

Dont il aime la femme ou dont il veut l'argent.

Voyez s'il nous faut fuir cette poudre maudite !

Par elle, tous les jours, notre espèce est réduite,

Par elle j'ai perdu quatre de mes enfants

Qui n'en avaient goûté qu'un peu du bout des dents.

Encore un coup, mes fils, gardez qu'on ne l'approche,

Venez, j'ai dans mon trou des restes de brioche,

Ils sont l'offre du cœur, vous pourrez les manger

    Sans courir de danger,

Et retenez de moi cette morale utile :

Qu'il faut se défier d'un plaisir trop facile.

A quoi j'ajouterai, mes enfants, mes amis,

Au fond du cœur touché de votre aimable zèle,

Que la vieillesse paye en prévoyants avis

    Les égards que l'on a pour elle.

LIVRE DEUXIÈME.

C.Desains del.

Rollet sculp.

ALCIBIADE ET SOCRATE

(D'après une esquisse de Pradier.)

LIVRE DEUXIÈME.

I.

ALCIBIADE ET SOCRATE.

A M. J. PRADIER,

STATUAIRE, MEMBRE DE L'INSTITUT

Vous de qui le ciseau, plein de charme et d'adresse,
Donne au marbre étonné la vie et la souplesse,
Et dont tous les travaux, si dignes de renom,
Font revivre à Paris Rome et le Parthénon,
Ami, vous voulez bien, pour orner une fable,
Descendre en ma faveur du sommet de votre art,

Et de votre amitié sans fard
Me donner, par ce trait, la preuve tout aimable.
Permettez que je traite un sujet convenable,
    Et digne de votre regard.
    Ce serait faute impardonnable
De vous offrir des chiens, des chats, des passereaux ;
Vous méritez des Dieux, pour le moins des héros.
Par vos œuvres voyons si ma muse guidée
    Saura faire la grosse voix
        Une fois,
Et sur un ton nouveau présenter son idée.

Dans les champs belliqueux voisins de Potidée,
Où des Athéniens resplendit la valeur,
Le jeune Alcibiade, enflammé d'une ardeur
    Par tant de braves secondée,
Émerveillait les yeux les plus indifférents.
Sa stature, les traits de son front magnanime,
De ses nobles destins paraissaient les garants ;
Et les Grecs, à l'aspect de sa beauté sublime,

Saisis d'un respect unanime,

Croyaient voir Apollon combattre dans leurs rangs.

Héros impétueux, loin des siens qu'il devance,

Au sein des ennemis, trop rapide, il s'élance,

Et combat corps à corps au péril de ses jours.

Ainsi, de ses succès compromettant le cours,

Il chancelle, et les yeux couverts d'un voile sombre,

Il allait périr sous le nombre,

Quand Socrate accourut pour lui porter secours.

Le sage a vu les coups portés à son élève ;

De son glaive prudent il lui forme un rempart,

Sous son fort bouclier le dérobe, l'enlève,

Et le déposant à l'écart,

En des lieux où Mars faisait trève,

A la patrie il rend, par des soins paternels,

Le plus séduisant des mortels.

Les Grecs vainqueurs disaient, dans leur vive allégresse,

Voyant du beau guerrier tout péril écarté

Par ce sage, honneur de la Grèce,

6

Que la mort conduisit à l'immortalité :

Puissent toujours les Dieux mettre ainsi la beauté

Sous l'égide de la sagesse !

———

II.

LE HANNETON ET L'ENFANT.

Une fable n'est pas chose facile à faire ;
Cependant je voudrais augmenter mon recueil,
Quelquefois à mes vers on a fait bon accueil,
    Ce n'est point le cas de me taire.
Fort bien, me direz-vous, mais seras-tu l'auteur
    D'un sujet moral et fertile ?
Et pourrais-tu, d'ailleurs, l'écrire en peintre habile ?
Je n'en sais rien, vraiment, mais je sais, cher lecteur,

Que je ressens au fond du cœur
Le désir de vous plaire et de vous être utile.

Aujourd'hui, c'est un Hanneton
Que le hasard va mettre en scène;
D'un ormeau verdoyant il rongeait le bouton,
Lorsqu'un petit bambin, qui parcourait la plaine,
Le prit avec transport. On sait que les enfants
Des hannetons sont les tyrans,
Et qu'au lieu d'aller à l'école
Ils perdraient un mois tous les ans
A chanter sans repos : Hanneton, vole.... vole!
L'écolier se met en devoir
De fixer l'animal par un fil qu'il enlace
A sa patte, et bientôt le lance dans l'espace,
Heureux de le lâcher sans cesser de l'avoir.
Au milieu du plaisir, un sentiment l'arrête,
De tourmenter sa proie il sent quelque remord;
Il n'avait pas le droit d'en faire sa conquête;
Si ce n'est le droit du plus fort;

Et pour atténuer tant qu'il le peut ce tort,
Il allonge le fil. L'insecte en équilibre
Faisant plus de chemin dans un cercle trompeur,
De la captivité sentait moins la rigueur ;
Plus le fil s'étendait, plus il se croyait libre.

   Se croire heureux c'est le bonheur ;
   Tant qu'il demeura dans l'erreur,
   Son destin s'écoula paisible.

Vous qui nous gouvernez ou qui faites des lois,
   Au respect sacré de nos droits
   Montrez votre cœur accessible ;
Éloignez tout calcul tyrannique et subtil ;
Et s'il faut qu'à la patte on nous attache un fil,
   Allongez-le le plus possible !

III.

LE CHAUVE ET SON AMI.

Un homme, possesseur d'une douce opulence,
    En véritable épicurien,
    Peut-être usait un peu trop bien
    Du loisir et de l'abondance.
Au sein des voluptés narguant la continence,
De bonne heure il avait dépensé ses cheveux;
Son cœur demeurait jeune et son crâne était vieux.
Je lui sais, dans Paris, beaucoup de camarades,

Honnêtes gens d'ailleurs, qui, de mille pommades
Après avoir en vain essayé le secours,
A l'art du perruquier ont à la fin recours.
Mon chauve, peu malin, d'une immense perruque
S'était fait affubler du front jusqu'à la nuque.
Il était ridicule, et dans plus d'un salon
    On le surnommait Absalon.
Un ami lui donna cet avis salutaire :
Bien qu'un peu fatigué, si tu veux encor plaire,
    Et ne pas sonner pour toujours
    Le couvre-feu de tes amours,
Aux attraits simulés donne la vraisemblance.
Après ta nudité, tant de magnificence
    A l'incrédulité conduit.
Ruse modérément, pour ruser avec fruit.
Sur ton chef dégarni, qu'une main sûre et leste
Joigné au peu de cheveux qui maintenant te reste
Quelques cheveux d'emprunt négligés avec art,
    Et n'attirant pas le regard
    Par une frisure immodeste.

Mainte belle s'y trompera,

Ou du moins elle le feindra,

C'est tout ce qu'il faut à notre âge.

Puis étendant plus loin ce conseil assez sage,

Tu ne verras jamais s'attacher à tes pas

Le persifflage ou la boutade,

Si, dans ton caractère ainsi qu'en tes appas,

Des qualités que tu n'as pas

Tu ne veux point faire parade.

———

IV.

L'OURS ET LE GARDIEN.

Dans ce jardin fameux, nommé Jardin des Plantes,
Où l'on voit, à côté de cultures savantes,
Des animaux vivants qu'on fait beaucoup souffrir
  Pour notre bon plaisir,
Un Ours, nommé Martin, dans une cour profonde,
Par ses tours se faisait admirer à la ronde,
  Et, ce qui vaut mieux, méritait
Force petits gâteaux que chacun lui jetait.

Le gardien de cet ours, longtemps après la brune,
  Se promenant au clair de lune,
Regarde dans la cour, et voit briller au fond
  Un petit objet blanc et rond.
C'est un écu, dit-il, il faut que je descende;
  Je doute que l'Ours m'entende,
   Il dort profondément;
D'ailleurs, il est privé. Je puis prendre l'argent.
Sur ce, maître Arpagon essaye l'aventure,
Mais *Martin* l'entendit, et comme la nature
Veut que tout prisonnier déteste un gardien,
Il étrangla le fou, dont la riche capture
Était un vieux jeton qui valait moins que rien (¹).

Cet homme-là vivait du produit de sa place;
  Pourquoi se risquait-il encor
   Pour un peu d'or?
C'est que d'en amasser jamais on ne se lasse,
C'est que l'homme, ici-bas, expose ses destins
Pour aller en carrosse et vivre de festins;

C'est que, pour saisir l'opulence,
Il use en vains tourments sa fragile existence,
Et lorsqu'il devient riche au gré d'un fol orgueil,
        Si la mort vient lui fermer l'œil,
Du mal qu'il s'est donné quelle est la récompense?...
On l'enterre avec pompe en un plus beau cercueil.

        Amis, contents du nécessaire,
D'inutiles trésors ne soyons point jaloux ;
Vivre paisiblement c'est le sort le plus doux
        Que l'on puisse espérer sur terre.

V.

LE PAON ET SA FEMELLE.

Un Paon disait avec douceur
A sa compagne bien-aimée :
C'est peu qu'en me voyant la foule soit charmée,
Ma chère, il manque à mon bonheur
De te voir partager l'honneur
De ma brillante renommée.
Le ciel envers moi n'a pas tort,
Lui répond l'humble femelle,
Je vous plais, mon ami, je me trouve assez belle ;
Briller n'est pas mon lot, aimer, voilà mon sort.

Ce que j'admire en vous et ce qui plaît si fort,
Cette queue arrondie et d'azur éclatante,
    Pour moi serait embarrassante
    Dès qu'il s'agirait de couver.
D'ailleurs cette beauté, faite pour captiver,
Nuit souvent, je le sais, au bonheur du ménage;
Des liens du devoir trop souvent se dégage
L'épouse dont les traits frappent nos yeux charmés.
Moi, c'est pour d'autres biens que mes vœux sont formés :
Fière de vos succès, je fais ma seule étude
    De bien élever nos enfants;
    Contre les maux je les défends,
    Dans ma tendre sollicitude.

Sur mon destin veuillez ne plus vous affliger,
Des dons extérieurs je ne suis point jalouse,
Puisque par eux, un jour, je pourrais négliger
    Mes devoirs de mère et d'épouse.

VI.

L'HOMME ET SON PERROQUET.

Quoi, Perroquet maudit, je t'ai remis en cage,
Et je te vois encor au milieu du buffet!
Tu voles mes biscuits, tu gâtes mon fromage.
Mais pour y revenir, comment donc as-tu fait?
J'ai beaucoup babillé, j'ai flatté ma maîtresse,
Dans mon adroit jargon j'ai vanté la sagesse,
    Que je mets toujours en avant.
    Faisant taire ma conscience,

Et parler haut mon éloquence,
J'arrive à tout par un discours savant.
Pourquoi t'en étonner? ne vois-tu pas souvent,
 Dans la foule de tes semblables,
Des éloquents fripons, jaseurs insatiables,
Posséder des emplois, des croix, des revenus,
Qui jamais, sans leur bec, n'y seraient parvenus?

Des grands mots, en tout temps, l'homme fut tributaire,
Aux bavards de nos jours afin de nous soustraire,
 Gardons-nous bien d'assimiler
 Et le vice qui sait parler
 Et la vertu qui sait se taire.

VII.

LES DEUX PAPILLONS.

C'était, s'il m'en souvient, au milieu du printemps.
     A son doux réveil, la nature
Venait de déployer, sur les bois, sur les champs,
     Ce voile mouvant de verdure
Si propice à la joie, au mystère, à l'amour.
Mille parfums des fleurs annonçaient le retour.
Deux Papillons voisins, légers amants de Flore,
Aux rayons du soleil venaient enfin d'éclore.

Je me trompe, l'un d'eux n'était qu'à moitié né ;

Sous de brillants réseaux toujours emprisonné,

Pour s'élancer dans l'air, faible, il luttait encore,

Sans secours, de sa coque, il ne pouvait sortir.

Il dit à son voisin : Frère, je vais périr,

Si tu ne consens pas à me sauver la vie ;

Ce service, pour toi, n'a rien de périlleux,

Et nous pourrions, unis par les fidèles nœuds

    D'une amitié douce et chérie,

Sans jamais nous quitter, embellir la prairie

De ces vives couleurs dont tous deux nous brillons.

Le pauvret ! il croyait la basse jalousie

    Bien loin du cœur des Papillons.

Il était, par malheur, d'une plus riche espèce

Que l'insecte méchant duquel, en sa détresse,

    Il implorait la charité.

    Il ne trouva qu'indifférence,

    Et paya de son existence

    Le tort d'avoir trop de beauté.

Que l'envie, à jamais proscrite,
Ne dessèche plus notre cœur;
Elle nous ôte du bonheur
Sans nous donner plus de mérite.

VIII.

LE CANARD ET LA POULE.

Dans une basse-cour assez riche en volaille,
Jasaient, en becquetant ou la graine ou la paille,
La Poule caqueteuse et le docte Canard.
Pour les bien écouter comme j'arrivai tard,
Je ne vous dirai pas toute leur éloquence ;
Vous en serez fâché comme moi, mais je pense
Qu'on peut se contenter et ne pas tout savoir.
Voilà qu'à l'instant même il commence à pleuvoir ;

La Poule, qui n'a point de penchant pour l'ondée,
Veut se mettre à couvert au toit du poulailler,
    Et le Canard de la railler
    De cette crainte mal fondée :
Pourquoi toujours montrer un goût si singulier?
Quand il pleut, tout prospère au sein de la nature;
La fleur s'épanouit, plus belle est la verdure;
Restez donc, ma commère, il est tout naturel
De recevoir les dons qui nous tombent du ciel.
Il ne faut pas juger les gens d'après soi—même,
    Dit la pondeuse prudemment,
L'eau m'est antipathique, elle est votre élément,
Restez-y, quant à moi, je suis mieux conseillée.
Le Canard, j'en conviens, est toujours beau
    Dans l'eau,
Mais rien n'est aussi laid qu'une Poule mouillée!

IX.

L'ANE DU JOUEUR D'ORGUE.

Un âne, qui traînait un orgue dans Paris,
Pensa que sa chanson en devenait plus douce ;
Je n'ai plus, disait-il, un accent qui repousse.
Tout loyal connaisseur ne sera point surpris
Que ma voix de *ténor* enfin se soit instruite
Des airs mélodieux que l'on joue à ma suite,
Et puisque dès longtemps, avec les mêmes soins,
J'ouvre ma belle oreille à la bonne musique,

Je ne puis plus être Bourrique,

Je suis Rossignol, pour le moins!

Sur ce, maître Baudet lève le nez et chante,

Assuré qu'il était de se faire applaudir.

Vous devinez assez l'humeur impatiente

Des malheureux voisins qu'il comptait divertir.

S'il est de vrais savants au pays où nous sommes,

Combien nous voyons tous les jours

Des sots très ennuyeux se croire de grands hommes,

Parce qu'ils ont suivi des cours?

X.

LES OISEAUX CHANTEURS ET LE MOINEAU.

A MESSIEURS

LES MEMBRES DE LA SOCIÉTÉ PHILOTECHNIQUE.

Des Oiseaux, réunis à l'ombre du feuillage,
Embellissaient l'écho par le doux assemblage
De leurs chants printaniers consacrés à l'amour;
Quelquefois tous ensemble, et souvent tour à tour,

D'une admirable symphonie

On les voyait charmer le jour.

Un Moineau du canton leur témoigna l'envie,

Tout Moineau qu'il était, d'obtenir la faveur

De chanter avec eux : Je suis faible chanteur,

Dit-il, et mon gosier a peu de mélodie,

Mais ne se peut-il pas qu'en de certains moments

L'on ait besoin de mes accents

Pour compléter une cadence?

Tout le monde n'est pas au solo destiné;

Chacun a son savoir, sa valeur, sa nuance.

Dans un concert bien ordonné

Les talents n'ont pas tous une égale importance.

Admettez-moi, messieurs, l'honneur d'être avec vous

Pourra doubler mon zèle, adoucir mon ramage;

Docile à vos conseils, incessamment jaloux

De mériter votre suffrage,

Je veux, à mon emploi sagement assorti,

Moduler des accords dont l'effet satisfasse,

Et prouver, si chacun n'en est pas averti,

Que d'un talent obscur on tire bon parti
    Lorsqu'on le sait mettre à sa place.

ENVOI.

Messieurs, ces vers qu'ici je viens de raconter
A vous ainsi qu'à moi se peuvent rapporter.
Vous êtes les Oiseaux dont la douce harmonie
Fait l'admiration des auditeurs divers,
Et moi l'humble Moineau qui, dans vos doux concerts,
    Demande à chanter sa partie (*).

XI.

LE NAUFRAGÉ.

Lorsqu'au sein du péril on ne perd point la tête,
Qu'on sait apprécier l'homme avec qui l'on traite,
De se tirer d'affaire on trouve le moyen,
Et dans maint embarras où le sort nous arrête,
La présence d'esprit change le mal en bien.

Un Français, de nos jours, essuyant un naufrage,
Dans le commun malheur conserva son courage,

LE NAUFRAGÉ.

Et tandis que chacun, d'épouvante glacé,

Livre aux flots dévorants une facile proie,

Lui, de quelques débris qu'à la hâte il emploie,

Il se fait un radeau; puis ayant ramassé,

Par un soin prévoyant, les menus ustensiles

　　Qu'il croit lui pouvoir être utiles,

A la garde du ciel, il se confie à l'eau.

Le jour même, il aborde en un pays nouveau.

Je suis sauvé, dit-il, Dieu permet que je vive;

Les restes du vaisseau, jetés sur cette rive,

Y semblent mis exprès pour me porter secours;

Aussi, du désespoir garantissant mes jours,

Avec la fermeté que mon salut réclame,

Je saurai me construire un gîte à ma façon,

Où je pourrai longtemps, comme feu Robinson,

Vivre sans médecin, sans journaux et sans femme.

Je puis même, docile aux lois de la raison,

N'être pas sans bonheur en ces lointains rivages;

Là, délivré de l'homme et de tous ses défauts,

Je ne verrai jamais de duels, d'échafauds,

Ni tous ces préjugés absurdes et sauvages

    De mon pays civilisé.

    Lorsqu'il a bien moralisé

— Sur l'état de nature et ses beaux avantages,

Il est pris au collet par des Anthropophages,

Près d'assouvir sur lui leur féroce appétit.

Beaucoup, en pareil cas, auraient perdu l'esprit ;

Pour notre voyageur ce fut tout le contraire.

Il invoque à longs cris l'astre de la lumière,

Promène autour de soi des regards menaçants ;

    Lorsqu'il croit ses traits grimaçants

Suffisamment empreints de fureur prophétique,

Il tire de sa poche un briquet phosphorique.

Le soufre au fond du tube allant bientôt chercher

    Une flamme vive et propice,

Notre homme, avec audace, allume le bûcher

    Disposé pour le sacrifice.

Or, il avait pensé qu'adorateurs du feu,

Ces monstres ébahis se seraient fait reproche

De croquer un humain qui portait dans sa poche

Un échantillon de leur dieu.

Il ne fut pas trompé dans son attente.

On fit plus : La couronne alors était vacante ;

On exprima le vœu de l'en voir investi ;

Et, bien que de régner il ne soit pas facile,

Il aima mieux, en homme habile,

Servir de roi que de rôti.

XII.

LE MOINEAU ET LES HIRONDELLES.

Un Moineau s'établit au nid d'une Hirondelle.
  C'était l'hiver ; quand sur son aile
Le zéphir ramena la fille du printemps,
Elle vint réclamer, en termes insistants,
  L'abri si bien construit par elle :
Rendez-moi mon doux nid, berceau de mes enfants !
Que j'y puisse élever, ainsi que tous les ans,
Les petits que l'amour va me donner encore ;

Vous êtes Moineau franc, ce titre vous honore,

En commettant un vol, voudrez-vous le ternir?

Je suis fort bien ici, je saurai m'y tenir,

Répondit le Moineau, ce nid est mon asile,

Il m'appartient, puisqu'il me sert;

Vous n'aviez qu'à rester dans votre domicile;

    Qui quitte sa place la perd.

En m'accusant de vol, vous radotez, mignonne,

    Comme Napoléon-le-Grand,

    J'ai trouvé le trône vacant,

    Et je ne l'ai pris à personne.

Faites un autre nid, vous qui savez bâtir,

Cela vous est facile, et, si le temps vous presse,

    Tous les oiseaux de votre espèce

De leur bec obligeant viendront vous secourir.

Oui, vous avez raison, ce conseil salutaire

    Sera suivi dans un instant,

    Lui dit l'Hirondelle en partant;

Vous apprendrez bientôt ce que nous savons faire.

Elle va chez ses sœurs raconter sa misère;

Toutes, à ce récit, brûlant de châtier

    Une conduite aussi blâmable,

Vont prendre dans leur bec l'intelligent mortier

    Qui punira l'oiseau coupable.

Et lorsque du sommeil il goûte la douceur,

On les voit dans ce nid murer l'usurpateur [6].

Avant que tout à fait l'on eût bouché la porte,

    On lui cria d'une voix forte :

Vous n'avez pas voulu rendre le nid d'autrui,

Beau Pierrot, restez-y malgré vous aujourd'hui ;

    Soyez puni, car il importe

    De faire apprendre à tout voleur

    Qu'un bien volé porte malheur.

XIII.

LE PAPILLON ET LE LIMAÇON.

Un riche Papillon, volage sybarite,
Était, sur une rose, ivre plus qu'à demi,
Tel on voit un sultan par l'Amour endormi
    Sur le sein d'une favorite;
Tel encor.... c'est assez d'une comparaison,
Il s'agit d'un insecte, et je n'ai pas raison
De me donner ici de grands airs d'Énéide.
Un humble Limaçon, avec sa corne humide,

8

Toucha le beau dormeur afin de l'éveiller,

Et lui dit : Camarade, en te voyant briller,

Je crois que la fortune à tes vœux est propice,

Et si j'eus le bonheur de te rendre service

Lorsque tu fus Chenille et dans la pauvreté,

Le bien que j'ai pu faire au moins a profité ;

C'est de bon cœur, ami, que je t'en félicite.

Quant à moi, ma fortune est toujours bien petite,

Mais je consomme peu, dès longtemps tu le sais.

Qui? moi! Vous vous trompez, je ne vous vis jamais,

Reprend le Papillon, vous me croyez un autre,

Ensemble on ne voit pas mon espèce et la vôtre ;

Vous parlez de bienfaits, de services rendus,

Impossible, mon cher, jamais je n'en reçus ;

Je suis né Papillon, je ne fus point Chenille ;

Vous pouvez voir ici ma brillante famille

Errer parmi les fleurs qui parfument ce lieu,

Où j'aurais grand plaisir à demeurer encore ;

Mais pardonnez, là-bas un œillet vient d'éclore,

Il faut absolument que je m'y trouve, adieu.

Ingrats favorisés de l'aveugle fortune,
Vous qu'un ancien ami, s'il est pauvre, importune,
Et qui d'une âme juste allumez le courroux,
Lisez cet apologue, il est écrit pour vous!

XIV.

L'HONNÊTE HOMME ET LA FORTUNE.

Pan, pan. Qui me demande? Ouvrez, c'est la Fortune.
Que voulez-vous? Je viens vous offrir mes faveurs,
Abjurant, à la fin, mes antiques erreurs,
Auprès des braves gens je veux être commune.
Ne me trompez-vous pas, qui vous amène ici?
Est-ce la fausseté, la bassesse, ou l'intrigue?

Non, non, rassurez-vous, il n'en est pas ainsi,
Pour elles, désormais, je ne suis plus prodigue.
Apprenez-moi le nom de ce que vous suivrez?
Le talent, le travail, et la justice.... Entrez.

XV.

LE DÉVOUEMENT DU RENARD.

Lecteur, j'arrive d'un pays
Où les Renards faisaient tant de ravage,
Que, par un arrêté fort sage,
Monsieur le sous-préfet mettait leur tête à prix.
Les chasseurs se voyaient en foule ;
On entendait les chiens, les cors ;
Si bien qu'à tout Renard il ne restait alors
Que des coups de fusil et pas la moindre Poule.

Que faire? On consulta l'ancien de ces cantons,

    Fameux Renard à trois chevrons,

   Dont la moustache était blanchie.

Nous quitterons bientôt cette plaine appauvrie,

Dit-il, mais demeurez encor quelques moments ;

J'irai choisir pour vous, dans vingt départements,

La plus douce retraite, au péril de ma vie ;

Heureux si je mourais en servant la patrie !

    Il part, après mille serments,

Suivi de sa famille en ce chanceux voyage.

    Au bout d'un long pèlerinage,

Ils trouvent un lieu sûr, terrestre paradis,

     Où la volaille confiante

    Leur paraît assez abondante.

Là, dans un bon terrier, à l'ombre des taillis,

    Le matois établit ses fils ;

Plus tard, en voisinant chez la classe opulente,

Il sut faire valoir sa fille avec tant d'art,

Qu'elle épousa bientôt un aimable Renard,

Qui possédait au moins trois cents poules de rente.

Voilà de nos honnêtes gens,

Bien vus de leurs nouveaux parents,

La fortune à peu près certaine.

Le prétendu libérateur,

Qui dans le fond mourait de peur

De voir des survenants partager son bien-être,

Se hâte alors de reparaître

Auprès de ses amis demeurés dans le deuil.

Il vient au milieu d'eux, un emplâtre sur l'œil;

Il boite; sa fourrure en désordre et salie

Prouve assez les dangers qu'il doit avoir courus.

Si je ne vous ai pas à mon gré secourus,

Leur dit-il, accusez la Fortune ennemie,

Dont j'ai, pour vous servir, épuisé le courroux.

N'ayant rien découvert, ni pour moi, ni pour vous,

Isolément, je crois, il faut que chacun vive,

Et se garde d'aller au pays d'où j'arrive;

On y rencontrerait la mort ou le malheur.

Adieu.... nous nous verrons dans un monde meilleur.

L'auditoire, touché du récit pathétique,

Allait se retirer ; mais, avant le départ,
D'un plat de venaison qu'ils avaient mis à part
    Pour vivre en un moment critique,
    Notre héros, bien restauré,
D'une plume de Coq fut en sus décoré
Pour son beau dévoûment à la chose publique.

Je sais d'autres Renards qui, par un faux éclat,
    Nous trompent sur leurs caractères ;
On les croit dévoués aux affaires d'État,
Quand ils ne font jamais que leurs propres affaires.

XVI.

LE HIBOU ET LA BELETTE.

Fêtant peu le soleil levant,
Un Hibou gagnait, en rêvant,
Vers la fin de la nuit, sa demeure secrète.
A peine il s'est posé qu'il voit une Belette.
Sur ce roc, si matin qui vous fait arriver?
Dit-il, où courez-vous? Je vais, dit la fluette,

Voir le grand roi des airs à son petit lever,
Et j'y vais de bonne heure afin de le trouver.
L'Aigle, depuis longtemps, me doit une audience,
Je veux lui demander certaine récompense
Pour services rendus par un de mes aïeux.
J'ai de grands protecteurs, cela vaut souvent mieux
Que beaucoup de mérite et qu'un droit véritable ;
Aussi, je vois partout un accueil gracieux :
Le Lion m'a promis les restes de sa table,
  Et de messire Léopard
  Je vais obtenir tôt ou tard,
Pour l'aîné de mes fils, une des belles places
  Dans les chasses.
Enfin, maître Renard, qui me parle d'amour,
M'a juré de gagner tous les puissants du jour,
Pour attirer sur moi les honneurs, les richesses ;
Mais tout cela, mon cher, ce ne sont que promesses,
Je prends beaucoup de peine et ne fais qu'espérer.
Ah ! l'on a bien du mal, quand on veut prospérer !
O vous, sage parfait s'il en est sur la terre,

Vous l'oiseau que Pallas s'honora de choisir,

Dites-moi votre avis et ce que je dois faire

Pour arriver plus vite au but de mon désir.

Moi, le meilleur conseil que je vous puisse offrir,

C'est d'oublier tout net votre belle chimère.

Pour tous les animaux sans cesse bienfaisant,

Jupiter vous donna le secours suffisant

    Pour soutenir votre existence,

    Pour vous loger, pour vous nourrir;

    Alors, pourquoi vous avilir

En demandant partout une oisive opulence?

Comptez-vous donc pour rien la noble indépendance?

Voyez, moi, je ne suis qu'un modeste Hibou,

Mais je m'estime roi dans le fond de mon trou;

Je ne dois la valeur d'une obole à personne.

Sachez que trop souvent l'opulence qui donne

A celui qui reçoit réserve du mépris.

Croyez-moi, tenez-vous au métier de Belette,

Que dans votre famille on fait de père en fils;

Dès lors, pour vous plus de soucis,
Sachez vivre de peu, votre fortune est faite.
Vous verrez l'opulent sans courber votre tête,
Car il faut se montrer, n'oublions point cela,
Plus fier de ce qu'on vaut que de ce que l'on a.

XVII.

L'ENFANT ET SON PÈRE.

Papa, disait un jeune enfant,
Toi qui m'apprends si bien les choses que j'ignore,
Dis-moi pourquoi cet arbre, en tout point florissant,
Puisque le plus beau fruit le charge et le colore,
    Auprès de lui conserve encore
Un tuteur inutile et même embarrassant?
    Mon fils, répond avec sagesse
Le père, qui savait qu'une bonne leçon

Résulte quelquefois d'une comparaison,

    Tu conviens que dans sa jeunesse

Cet arbre fut heureux de trouver un appui

    Contre les fureurs de l'orage ;

Tu le vois, il est vrai, dans la force de l'âge,

Et pouvant se passer de tuteur aujourd'hui,

Mais, pour cela, doit-il abandonner celui

Sur lequel autrefois s'étayait son enfance?

Il voit ce vieil ami sans force maintenant,

Du bien qu'il en reçut il garde souvenance,

Et, par un doux effet de la reconnaissance,

Il soutient à son tour le tuteur déclinant.

    J'ai compris, dit l'enfant.

    Ce bon tuteur, c'est toi, mon père,

Moi, je suis l'arbrisseau que soutient ton secours ;

Mais, quand je serai grand, mon tour viendra ; j'espère

D'être, par mon travail, l'appui de tes vieux jours !

XVIII.

LE PAON ET LE CHAMEAU.

Un Paon, bouffi d'orgueil, étalait chaque jour
Les fastueux trésors de son brillant plumage,
Et fier de la beauté qui forme son partage,
Il se croyait permis d'insulter tour à tour
    Les animaux du voisinage.
Un Chameau, dès longtemps objet de son mépris,
Lui dit enfin, un jour qu'il perdit patience :
De nous d'eux, bel oiseau, je sais la différence,

Et pour charmer les yeux vous êtes d'un grand prix ;
Mais lorsque vous brillez au sein de la mollesse,
Par de fréquents bienfaits j'honore mon espèce,
Et je suis plus heureux d'être actif, obligeant,
Privé, sans nul regret, d'une beauté futile,
Que d'être, comme vous, un superbe inutile,
    Un riche fainéant.

La nature envers tous se montra juste, bonne :
Il n'est point à ses yeux d'animal grand seigneur ;
Chacun peut, dans un genre, avoir de la valeur,
Et l'on fait toujours bien de n'insulter personne.

XIX.

LES ANIMAUX FRONDEURS.

Lorsque dans les ménageries
Le loisir me retient auprès des animaux,
Je compare leurs mœurs, j'écoute leurs propos,
    Puis il sort de mes rêveries
    Quelques apologues nouveaux.
Voici le dernier fait. Sous un épais ombrage
    Plusieurs bêtes en esclavage,
    N'ayant rien à faire, jasaient,

Et, bien entendu, médisaient,

Comme en tant de lieux c'est l'usage.

Je vous réponds des mots que je vais rapporter,

Car des bêtes, sans me vanter,

J'ai toujours compris le langage

L'Ane, fort mécontent de l'Université,

Sur un ton dédaigneux frondait l'Académie.

Plus loin, une Tortue, à l'allure endormie,

Trouvait chez les Chevreuils peu de légèreté.

Quand du fond de la cage où grognait sa vieillesse,

L'Ours le plus mal léché soutint que la beauté,

Les grâces et la gentillesse

Sont rares à Paris comme l'urbanité.

Il aurait en ce jour eu moins de hardiesse

Si devant vous il eût été.

Le Lièvre, dont l'audace est passée en proverbe,

Disait, en se cachant sous l'herbe :

Personne plus que moi n'admire nos soldats ;

Cependant, je voudrais les voir dans les combats

Rappeler un peu plus notre antique vaillance,

Qui, bravant la rigueur des plus lointains climats,
     Enchaînait mille potentats
     Au char triomphant de la France!
Je vis enfin les Loups, ces héros d'innocence,
Qui de sang et de vol s'étaient souvent repus,
Rougir et s'indigner de nos temps corrompus,
Où, disaient-ils, le crime envahit l'opulence,
Où, dans l'obscurité, gémissent les vertus.
Je ris de ces grands mots, et dès lors je conclus,
Car sans conclusion la fable est inféconde,
     Que ceux qui devraient dans le monde
Pour de bonnes raisons se montrer indulgents,
     Sont toujours les plus exigeants.
     Je fis encore une remarque,
C'est qu'on peut se moquer d'un sévère Aristarque,
S'il n'est pas en son cœur comme dans ses discours,
Plus vertueux qu'un Loup et plus poli qu'un Ours.

XX.

L'OMNIBUS.

Convenez avec moi que la bonne nature
    Nous a fait naître dans un temps
Où la vie, à Paris, a bien des agréments ;
Où chacun, pour six sous, peut aller en voiture
Visiter ses amis, embrasser ses parents,
Sans user pour cela ni jambes, ni chaussure.
    Certes, une telle invention
    Signale un siècle de lumière ;

Mais si, dans mainte occasion,
Par son utilité l'Omnibus peut nous plaire,
Il est juste de dire, en compensation,
Que tout n'est pas plaisir dans ce char populaire,
Où seize voyageurs, pêle-mêle entassés,
Doivent, petits ou gros, se trouver tous placés.
Là, je suis à la gêne, et mon habit se fripe
  Entre l'homme au parfum de pipe
Et la femme entr'ouvrant un panier de poisson.
Bientôt auprès de nous avec effort se hisse
L'énorme paysanne, odorante nourrice,
Dont l'enfant nouveau-né vient faire sans façon
  Ce que sait faire un nourrisson....
Je veux dire qu'il crie à nous rompre la tête.
J'ai hâte d'arriver, le char vingt fois s'arrête;
Enfin se place un couple honnêtement replet,
Le conducteur alors veut bien crier : Complet !
Cependant l'on chemine, et bientôt se retire
  Mon voisin, laissant après soi
  Un espace que je désire.

Mais qu'importe à présent qu'à l'aise je respire?
Je reconnais ma porte, et me voici chez moi.

Hélas! on voit ici l'image de la vie;
Les trois quarts de nos jours sont durs et soucieux;
Et lorsqu'après la peine on se trouve enfin mieux,
    La course est près d'être finie.

XXI.

LES DEUX SONNEURS.

Deux cloches habitaient le clocher d'un village ;
    Très différentes en grosseur,
Elles avaient chacune un différent Sonneur.
    Celui qui l'emportait par l'âge
    Dès longtemps avait l'avantage
De sonner la plus grosse ; il était plus payé ;
Du curé, de la nièce, il était mieux choyé ;
    Enfin c'était un personnage,

De son inférieur d'autant plus envié.

L'ardente convoitise est le mal de notre âge.

    Le jeune Sonneur, trop peu sage,

Quoique assez bon chrétien, disant des *Oremus*,

Faisait brûler souvent des cierges à Bacchus.

Et quand il se trouvait en rencontre pareille,

Il sonnait le tocsin au lieu de l'*Angelus*.

N'importe, il se vantait de sonner à merveille;

De ne pas avancer même était soucieux,

    Tant il avait le vin ambitieux!

Oui, je veux que mon grade à mon talent réponde,

Il me faut un emploi qui donne du relief,

Se disait-il, je dois être Sonneur en chef,

    Et faire grand bruit dans le monde.

C'est par le temps qui court un assez bon métier,

Et tout homme n'est rien qui n'est pas le premier.

    Je le serai, malheur à qui m'arrête;

Le progrès devant moi s'étend à l'infini.

En marchant sur les pas du noble Alberoni (⁷),

Qui fut aussi Sonneur et traîna la brouette,

Je deviendrai ministre et ceindrai la barrette !

Ces rêves de grandeur bannissaient son sommeil ;

Des vœux toujours déçus il éprouvait l'angoisse,

     Quand le Serpent de la paroisse

(Le Serpent est connu pour le mauvais conseil),

Un jour qu'ils devisaient chez la cabaretière,

A l'envieux souffla le projet infernal

     De faire périr son rival,

     En démontant la cloche de manière

Que, dès qu'en mouvement le barbon la mettrait,

     Sur sa tête elle tomberait,

De tous deux à la fois sonnant l'heure dernière.

Le ciel ne permit pas cet odieux forfait.

     La cloche est tombée en effet,

Mais brisée, à côté du vieillard hors d'atteinte.

     Les deux malfaiteurs, sur sa plainte,

     Bientôt par Thémis confondus

       Et pendus.

Les villageois du lieu tirèrent de leur poche

Tout l'argent qu'il fallait pour fondre une autre cloche.

D'ambitieux méfaits les obscurs artisans,

  Dans mon Sonneur pourraient voir leur image;

    Nous, nous sommes les paysans,

    Chargés de payer le dommage.

XXII.

LES ARBRES DE FRANCE ET L'ARBRE EXOTIQUE.

Un Arbre des pays lointains,
Transplanté, par hasard, en un bois de la France,
Essuyait, chaque jour, la froide répugnance
    De tous les Arbres, ses voisins.
On eût dit que blessés de voir une autre race,
Ils dédaignaient d'unir leurs rameaux avec lui,
Et comme un malfaiteur je crois qu'ils l'auraient fui,
Si tout Arbre, à son gré, pouvait changer de place.

LES ARBRES DE FRANCE
et l'Arbre Etranger

Le réprouvé leur dit : Votre injuste courroux
Afflige un étranger presque semblable à vous,
Et qui ne peut en rien vous porter préjudice.
Vous ne voyez sur moi poison ni maléfice ;
　　L'oiseau gazouille tendrement
　　A l'abri de mon vert feuillage ;
　　La bergère, sous mon ombrage,
　　Assise auprès de son amant,
Goûte en paix les faveurs de la saison nouvelle.
Plus tard, lorsque l'hiver près du foyer rappelle
Le maître de ce bois, aucune exception
Ne vient pour me soustraire aux coups de sa cognée ;
Je livre comme vous à sa provision
　　Ma branche utile et résignée.
Pourquoi donc en ces lieux, dont vous êtes jaloux,
Ne pouvoir me souffrir sans de vives alarmes ?
　　La terre a des sucs pour nous tous,
Le soleil des rayons, et l'aurore des larmes !
Allons, mes chers voisins, connaissez votre erreur ;
De la tendre amitié partageons les doux charmes ;

Et n'oublions jamais qu'aux yeux du Créateur,
Quel que soit leur pays, leur forme, leur couleur,
Qu'ils aient eu des destins rigoureux ou prospères,
Aux mêmes lois soumis, tous les Arbres sont frères.

Les Arbres, éclairés par ce simple discours,
Approuvé dans le bois comme assez raisonnable,
    D'une amitié vive, durable,
Au nouveau compagnon s'unirent pour toujours.
On vit régner chez eux l'estime, la concorde;
Loin des froids préjugés chacun vécut content.
Ah Dieu! mes bons amis, que le ciel nous accorde
    De pouvoir tous en faire autant!

XXIII.

LE POULET ET LA SOURIS.

Nous voyons peu les grands devenir les amis
   Des petits.
Cependant un Poulet de très haute naissance,
D'une simple Souris avait fait connaissance ;
Aux lois de l'amitié tous d'eux s'étaient soumis,
  Sans compter pour rien la distance.
L'autre jour, la Souris cherchait dans le verger
Le gracieux Poulet choisi par sa tendresse ;

Ah ! te voilà, dit-elle avec tristesse,

J'accours, mon cher ami, t'apprendre le danger

   Dont nous menace un complot qui se trame.

Le maître du logis vient de dire à sa femme

Qu'aujourd'hui même il veut donner un grand repas.

La broche va choisir le Poulet le plus gras,

Le curé dîne ici. Je tremble pour ta vie ;

Fuyons, crois-en la voix d'une sincère amie.

Fuyons, dit le Poulet, car j'allais t'avertir

D'un péril que je viens aussi de découvrir ;

Je n'en ai pas dormi toute la nuit dernière ;

On en veut à tes jours ! L'honnête cuisinière,

Qui nourrit son amant aux frais de la maison,

Prétend, pour échapper à tout fâcheux soupçon,

Que ce sont les Souris qui pillent dans l'armoire

Tout ce que le galant use à manger et boire,

Et deux Matous ici vont tenir garnison !

Tu vois s'il faut bénir la double découverte

Sans laquelle en ce jour nous trouvions notre perte.

Éloignons-nous d'ici, le temps est précieux ;

Quittons ce toit fatal, où nous tremblons sans cesse,
Pour gagner au plus tôt quelques sauvages lieux,
Où jamais nul Matou ni gourmet ne paraisse,
Où nous trouvions la vie exempte de terreurs ;
Viens, aimons-nous toujours, et vivent les bons cœurs !

C'étaient là des amis ! Jamais la négligence
Ne venait refroidir leur bonne intelligence.
Tous les deux animés des plus doux sentiments,
    Ils embellissaient leurs moments
     Des soins d'une amitié fidèle.
  Imitons-les, ne soyons pas légers.
Sur la nef de la vie obligeants passagers,
Montrons pour nos amis bonté toujours nouvelle ;
Savons-nous si la mort, à la faux si cruelle,
Nous laissera longtemps le bonheur de les voir ?
Si l'un d'eux périssait, quel affreux désespoir,
De se dire : Il est mort bien malheureux, peut-être,
Je ne l'ai pas aidé comme il aurait pu l'être ;
Hélas ! il est trop tard, celui qui m'est si cher,

Qui, j'en suis sûr, encor hier
Aurait mis son bonheur à me voir, à m'entendre,
Je le perds aujourd'hui, rien ne peut me le rendre,
Ni le regret le plus amer,
Ni le souvenir le plus tendre.

XXIV.

LE NUMISMATE.

Lecteur, autrefois j'ai connu
　　Un vieil amateur de médailles,
Qui, livré tout entier au goût des antiquailles,
　　Ne m'a jamais entretenu
Que du coin, du revers de ses riches trouvailles.
C'était Galba, Néron, ou César, ou Gordien,
Qu'avec ses yeux de lynx, disons mieux, d'antiquaire,
　　Il découvrait, pour l'ordinaire,

Sur le métal poudreux où l'on ne voyait rien.

Il avait ce travers : tout mortel a le sien ;

Et ce travers, auquel maint sage s'abandonne,

    Ne cause de mal à personne,

    Et lui faisait beaucoup de bien.

Car s'il souffrait des maux dont ce monde fourmille,

Soit revers de fortune ou peine de famille.

Courant au médailler, il laissait ses chagrins

Dans le tiroir des Francs, des Grecs ou des Romains.

Un jour il vint me voir, il était dans la joie

D'avoir pu s'enrichir d'une nouvelle proie,

Bronze d'un type rare, et dont le vert-de-gris

    Venait encor doubler le prix,

Lui donnant un aspect à peu près authentique.

Mon homme ne vit pas, tant il était épris !

    Que ce trésor numismatique

    Etait une contrefaçon.

    Aux yeux de ce brave garçon,

Je voulais démasquer la trompeuse monnaie,

Mais de la pièce fausse avant de l'occuper,

Je me dis : Si tu n'as à lui donner la vraie,

    A quoi sert de le détromper?

L'illusion souvent fait bien de nous séduire ;

Par elle à cent plaisirs on se laisse conduire.

Ainsi, quand tu sauras qu'une innocente erreur

Ici-bas à quelqu'un peut donner le bonheur,

    Garde-toi bien de la détruire !

LIVRE TROISIÈME.

LE RUISSEAU ET LES ARBRES.

LIVRE TROISIÈME.

____

I.

LE RUISSEAU ET LES ARBRES.

Un Ruisseau peu profond, au pied d'une colline,
Déployait les contours de son onde argentine.
Tout le long de ses bords de grands Arbres croissaient,
Protégeant son cristal de leur épais ombrage.
Ils lui firent un jour sentir en ce langage
    Le service qu'ils lui rendaient :

Conviens, petit Ruisseau, que ta nymphe timide
Agissait prudemment, lorsque sous notre égide
    Elle vint abriter ses eaux.
Tranquille désormais sous nos riants berceaux,
Nous la garantissons d'une perte rapide,
    Car, sans nos rameaux bienfaisants,
    Du soleil les rayons cuisants
Auraient séché ta source et borné ta carrière,
    Et ton lit, où depuis longtemps
    Le voyageur se désaltère,
    N'offrirait qu'un lit de poussière,
    Parsemé d'arides cailloux.
Je ne conteste pas ce que je tiens de vous,
Murmura le Ruisseau, montrez même franchise;
Si vous comptez les maux desquels vous me sauvez,
Apprenez, puisqu'il faut qu'ici je vous les dise,
    Les bienfaits que vous me devez.
La terre auprès de moi, par mes flots rafraîchie,
A vos pieds humectés provoque à tout instant
    Cette séve, qui va portant

Jusqu'à votre sommet la verdure et la vie ;

Et ce même soleil, qui sécherait mon cours,

    Avancerait aussi les jours

    Où de vos feuilles desséchées

    Mes deux rives seraient jonchées.

Ainsi, vous le voyez, nos destins sont communs ;

    Par des reproches importuns,

Gardons-nous de peser mes bienfaits et les vôtres.

Eh ! ne se faut-il pas aider les uns les autres ?

Obliger chaque fois qu'on en a le pouvoir,

Sans se faire prier, sans se faire valoir,

    C'est la dette de tout le monde.

Vivons en bons voisins, puisque notre bonheur

    Sur nos dons mutuels se fonde,

    Et bénissons le Créateur,

    Qui, pour charmer notre existence,

A permis qu'ici-bas l'on pût être lié

    Par les douceurs de l'amitié,

    Par les trésors de l'obligeance.

II.

L'HOMME ET LE ROSSIGNOL.

A chanter les beaux jours toi qui fus destiné,
 Pourquoi d'un silence obstiné
 Chagrines–tu le voisinage.
Rossignol enchanteur, le printemps dure encor,
Quel sujet peut sitôt suspendre ton ramage?
Un misérable enfant, pour gagner un peu d'or,
A–t–il volé ton nid et vendu ta famille?
Ou ce tube cruel, dont l'éclair tonne et brille,

Sous l'œil d'un chasseur sans pitié,

A-t-il mis à mort ta moitié?

Non. L'homme est mon ami, chacun dans la campagne

Protége ainsi que toi l'innocent Rossignol,

Et mes petits, guidés par ma douce compagne,

Sur les arbres voisins vont essayer leur vol.

Mais des Corbeaux pervers, que ma voix importune,

Déversent sur mes jours le fiel de leur courroux;

Ils disent, dans l'accès d'un sentiment jaloux,

Que l'intrigue fait ma fortune,

Que la nuit et le jour chantant

Sans modestie à tout venant,

Je veux sur les oiseaux exercer mon empire;

Ils vont même jusques à dire

Que je suis un méchant; et moi, pour éviter

Les propos mensongers que mon gosier m'attire,

Je me tais. C'est un tort, pourquoi les redouter?

Qu'importe que ta voix à ces criards déplaise?

Parce que les Corbeaux ne savent pas chanter,

Faut-il qu'un Rossignol se taise?

Non, non, répands toujours tes chants mélodieux,
Nargue les médisants, les fous, les envieux :
Le destin des talents est d'exciter leur bile ;
Car, si frustré des dons que te firent les cieux,
     Tu n'étais plus qu'un sot comme eux,
     Ils te laisseraient bien tranquille.

———

III.

LES LAMPIONS ET LA TEMPÊTE.

On célébrait..... je ne sais quoi ;
C'était peut-être la naissance
D'une république ou d'un roi,
Cela m'importe peu. Tout Paris en émoi,
Comme le reste de la France,
Trouvait dans cette circonstance
Du loisir au nom de la loi
Et du plaisir par ordonnance.

Partout abondaient les *flâneurs*,

Femmes, enfants, soldats, curieuse cohue,

Fourmillaient sur la place, accouraient dans la rue,

Rendez-vous des badauds de toutes les couleurs.

Les charlatans et les jongleurs

(Toujours notre pays en eut en abondance)

Annonçaient leur savoir, montraient leur éloquence

A des milliers de spectateurs,

Tandis que le filou, qui doucement s'approche,

Imite au fond de mainte poche

Le talent des escamoteurs.

L'on va, l'on vient, le canon gronde,

Le théâtre en plein vent fait voir à tout le monde

L'Arabe terrassé dans de sanglants combats,

Et le mât de cocagne aux périlleux ébats

Se fait escalader, comme pour nous apprendre

Que l'homme ne vient ici-bas

Que pour monter.... et puis descendre.

Ainsi, dans les émotions

Se passe la grande journée,

A nos yeux bientôt couronnée

Par des illuminations ;

Car, dans toute fête ordonnée,

Pour rendre le public content,

L'odorant Lampion joue un rôle important.

Il s'allume partout, quand soudain la tempête

De ses vents pluvieux souffle sur cette fête ;

Tout s'éteint ; on rallume, et son fougueux essor,

Quand les feux ont brillé, vient les éteindre encor.

On attend, c'est en vain, et voyez l'infortune !

Ce jour-là, justement, il n'était pas de lune.

Le tumulte est partout, rien ne peut l'empêcher ;

Plus on veut aller vite et moins l'on peut marcher.

Enfin, sous les torrents de l'averse importune,

Dans une tristesse commune,

Presque à tâtons le peuple est allé se coucher.

Avides conquérants des dignités publiques,

Combien de grands hommes d'un jour

Sous les tempêtes politiques

Viennent s'éteindre sans retour.

Ils ont promis beaucoup, la fortune inconstante

Les fait passer comme l'éclair,

Et le peuple déçu, malgré sa longue attente,

N'en est pas plus heureux et n'y voit pas plus clair.

IV.

LE SAVOYARD.

En abandonnant ses montagnes,
Un jeune et pauvre Savoyard
Demandait aux passants des villes, des campagnes,
Un petit liard.
De ses tristes parents il quittait la chaumière,
Et, pour adoucir leur misère,
Il s'en vint montrer à Paris
Une Souris.

Souris blanche, il est vrai, dont la gentille espèce
      Piquait la curiosité
      Et provoquait la charité.
Il ne vivait pas mal, dans la grande Lutèce,
Grâce à cette Souris, son gentil gagne-pain;
      Lorsqu'un Matou, qui, dans ses prises,
      En avait toujours vu de grises,
Voulut goûter la blanche, et la croqua soudain.

Le Savoyard pleura; mais comme en sa chambrette
Il mettait de côté la moitié de son gain,
D'un Singe assez instruit il put faire l'emplette,
      Et faire aussi plus de recette,
      En égayant les curieux,
      Qui pour cela le payaient mieux.
      Un mois à peine ainsi se passe;
De sauter pour autrui le sapajou se lasse;
Il gémit de vieillir dans la captivité,
      Et d'être une propriété,
      Comme un paysan de Russie.

Le dur fouet de l'autocratie

Ne lui semblant pas de saison,

Il singe Spartacus (⁸), dont il ressent la haine,

Et brisant comme lui sa chaîne,

Il décampe de la maison.

Au lieu de se trouver en peine,

De cet autre revers, pour le coup, se moqua

Notre montagnard économe ;

A la caisse d'épargne il reprit une somme,

Et fit venir un Ours qui dansait la polka

Comme la danse plus d'un homme.

L'animal eut la vogue, et dans tous nos salons,

Par un goût qui doit peu surprendre,

De lui l'on aurait pris volontiers des leçons,

Si jusqu'au vil cachet un Ours pouvait descendre.

Dans la salle qu'il habitait

On courut pour le voir ; ce n'était plus l'aumône

Qu'à son heureux maître on jetait,

Mais un bon écu par personne,

Qu'en entrant la foule apportait.

Tout allait bien ; voilà que blasé par sa vie,

     Longue et monotone série

     Et de bonbons et de succès,

Cet Ours mourut du *spleen*, comme font les Anglais.

     Nouveau malheur, autre victoire ;

     Ce Savoyard, que mon histoire

     Vous montre d'abord indigent,

Bien que riche aujourd'hui, voit doubler son argent

Par l'Éléphant instruit, colosse intelligent,

     Dont il est le propriétaire.

     En vain les coups d'un sort contraire

     Fondent sur l'homme prévoyant.

L'épargne, le travail, surtout la patience,

Font qu'un humble trésor va toujours grossissant.

     Par être Souris il commence,

     Et finit par être Éléphant.

V.

LE CHAT ET LES SOURIS

DE LA SALLE SAINT-JEAN (⁰).

Dans la salle Saint-Jean, que vous connaissez tous,
Vivait, sans nul souci, le plus gros des Matous.
En ce temps-là, l'enceinte était déserte, obscure,
Et s'il avait voulu pratiquer son état
    De Chat,
Il pouvait de Souris faire une ample capture.

Mais il s'en gardait bien ; toujours plus satisfait

De voler le rôti de monsieur le préfet,

Pour le venir croquer dans ces sombres retraites,

  Où les Souris, de leur côté,

  Se voyant pleine liberté,

Pullulaient, rongeaient tout, jusqu'au foin des banquettes.

Les dégâts, les larcins, grâce à l'obscurité,

S'augmentaient, quand la salle un jour devint l'asile

Où des hommes instruits, zélés, laborieux,

  Par le concours officieux

Des chefs de la cité, dans un mélange habile

Savaient associer l'agréable à l'utile.

Là s'étendit surtout le culte des beaux-arts.

Aux sévères accents de la philosophie,

On vit s'entremêler la douce poésie.

Un public amateur accourt de toutes parts,

Désireux d'écouter, en ces pompes nouvelles,

Ou la prose ou les vers. Les nombreux invités,

Hommes de tous les rangs, femmes jeunes et belles,

Siégent avec plaisir à ces solennités,

Qu'à l'aide de talents par l'auditeur fêtés,

Couronne d'un concert le tribut harmonique.

Les Chats et les Souris n'aiment pas la musique,

Ceux que je vous citais, forcés de se blottir,

Inquiets dans leurs trous sans en pouvoir sortir

Pour souiller, comme avant, l'enceinte académique,

Ont enfin déserté pour ne plus revenir.

Ainsi, lorsque des arts la féconde lumière

Vient, aux lieux qu'elle régénère,

Épurer l'homme en l'éclairant,

Les ignorants, famille sombre,

Les malfaiteurs, amis de l'ombre,

Se cachent, réduits au néant.

VI.

LE CIRON.

Un Ciron, né d'hier pour trépasser demain,
D'un miroir grossissant regardait la surface,
Et, Narcisse nouveau, se mirait dans la glace
Qui triplait son volume et le rendait si vain
Qu'il se croyait géant, lui qui n'était qu'un nain.
Combien l'on est injuste en m'infligeant la place
    Du plus petit des animaux !
    C'est une erreur, la chose est sûre.

Si des Rhinocéros, des Bisons, des Chameaux,

Je n'ai pas tout à fait la puissante structure,

Je suis gros, oui, très gros, et malgré le mépris

Dont un sot préjugé me frappe sans mesure,

J'ai ma beauté, ma force, et mon poids et mon prix!

    Il s'avance, l'âme ravie,

Sur les bords du miroir dont l'effet le séduit,

    Lorsqu'il entend un léger bruit.

Il faut partir, dit-il, on en veut à ma vie;

    Sans doute à l'homme j'ai déplu,

    Je n'ai pourtant jamais voulu

M'arroger de ses droits la plus mince partie.

De tout être marquant puisqu'il est si jaloux,

    Fuyons! L'insecte voit des trous

    Où jamais le jour ne rayonne,

Où de nombreux Cirons pourraient à l'aise entrer;

    Il se garde d'y pénétrer,

Disant que ces abris, qu'un sort trompeur lui donne,

Ne pourraient contenir le quart de sa personne,

Et tandis qu'il dédaigne un salut bien aisé,

Par un rien, par un souffle, il expire écrasé.

Voilà bien les cirons! et voilà bien les hommes!
  Rarement la raison nous sert,
Nous nous voyons toujours plus gros que nous ne sommes,
  Et cette illusion nous perd.

———

VII.

L'ENFANT, SON PÈRE ET LA JEUNE FAUVETTE.

Un Enfant trouva sur la terre
Une jeune Fauvette égarée et sans nid.
　　Pour sauver l'oiseau tout petit,
　　Que pleurait sans doute une mère,
　　Et calmer sur-le-champ sa faim,
　　L'écolier pile un peu de grain,
Qu'il lui donne à la hâte au bout d'une brochette.
　　Par malheur, trop d'empressement

La lui fit pousser brusquement
Dans le gosier de la pauvrette,
Qui, blessée alors, ne voulut
Rien manger et bientôt mourut.

Le Père du jeune homme, après cette aventure,
Lui dit : Mon cher enfant, il faut plus de mesure,
Même en suivant le vœu d'un cœur sensible et bon ;
La mort de cet oiseau te donne une leçon
     Que ton jeune esprit peut entendre,
Dont ta mémoire aussi fera bien de s'orner.
C'est qu'il ne suffit pas, mon ami, de donner,
Avec délicatesse il faut encor s'y prendre.

VIII.

LE PEINTRE DE VILLAGE, L'AMATEUR ET LE BARBIER.

Un peintre improvisé, dans un de nos villages,
Pour l'église brochait force mauvais ouvrages.
Cela se conçoit bien, n'ayant jamais appris.
    Dans ses tableaux, du plus bas prix,
Toujours aussi mauvais qu'une mauvaise ébauche,
Il aurait presque fait un pied droit pour un gauche.

Et, soit qu'il figurât des saints ou des damnés,

   Il leur peignait la mine si plaisante,

      Que, pour ne pas leur rire au nez,

Il fallait prier Dieu d'une ardeur bien fervente.

Ce pauvre barbouilleur, de lui toujours content,

Tranchait du grand artiste et faisait l'important;

      De l'ignorance c'est l'usage.

Un amateur instruit, homme obligeant et sage,

Lui dit : Mon cher ami, quand je vois vos tableaux,

     Dans votre intérêt je regrette

     Que vous ayez pris la palette

Avant d'avoir acquis, en d'utiles travaux,

Le savoir par lequel le talent se complète;

Sans l'étude on ne va jamais loin dans votre art,

Vous êtes jeune encore, il n'est donc pas trop tard

De faire ce qu'il faut pour devenir habile.

Venez me voir souvent, là, dans mon domicile,

     Pendant les loisirs que j'aurai,

     De bon cœur je vous apprendrai

Un peu de perspective, un peu d'anatomie;

J'ai quelques bons tableaux, je vous les prêterai,

    Vous en pourrez prendre copie.

En suivant les conseils que je vous donne ici,

Comme le grand Corrége en son noble délire,

    Peut-être un jour pourrez-vous dire :

      Moi, je suis peintre aussi!

Notre artiste, ébranlé, raconta ce langage

    Chez le barbier du voisinage,

Qui lui dit : Quoi! c'est vous qui prendrez des leçons!

Vous, maître s'il en fut, vous iriez à l'école!

Ce serait vous gâter, croyez-en ma parole,

Nous autres, perruquiers, nous nous y connaissons;

Nous admirons surtout la muse échevelée,

Qui, d'un pédant savoir ne s'étant pas gonflée,

Montre des nouveautés dont le monde est surpris.

    De votre mérite *incompris*

En vain dans ce hameau la valeur se signale.

Produisez vos pinceaux en pleine capitale;

    Là vous aurez de beaux succès.

    A Paris lorsque je passais,

12

J'ai rasé bien des gens qui méprisaient l'étude,
Et ne récoltaient pas moins d'honneur pour cela.

　　Allez-y sans inquiétude,
　　Vous verrez qu'en ce pays-là
　　Maintenant il suffit qu'on peigne
　　Comme je donne un coup de peigne,
Moi qui n'ai sur mon art aucune notion,
Et qui frisai toujours par inspiration.
Allez-y, dessinez comme un enfant crayonne;
Fabriquez des tableaux comme n'en fait personne,
　　Sur vous les trésors vont pleuvoir,
Et sachez avant tout.... qu'il ne faut rien savoir!
Mon Raphaël crédule arrive en diligence
　　Dans la grand'ville, où l'influence
　　Du bon goût avait prévalu.
Le dessin romantique était passé de mode.
De cet homme on siffla l'ignorante méthode,
Et pour peindre une enseigne on n'en eût pas voulu.

On a vu des croûtons qui seraient grands artistes,

Si des faux connaisseurs les louanges si tristes
N'avaient de leur talent fait avorter le fruit;
Mais, par un sentiment que ma fable constate,
Nous écoutons plutôt l'ignorant qui nous flatte
    Que le savant qui nous instruit.

IX.

LE PHILANTHROPE ET LE RUISSEAU ([10]).

A M. LACAVE-LAPLAGNE,

ANCIEN MINISTRE DES FINANCES.

Un Philanthrope allait rêvant
Tout le long d'un Ruisseau dont il aimait la rive,
Et parlait seul, comme il arrive
A tout penseur, à tout savant.

Que de bien, disait-il, ce cours d'eau sait répandre !
De lui cette contrée a reçu le bonheur ;
    Il seconde l'agriculteur
    De ses flots, qui nous font entendre
    Un murmure plein de douceur.
    Dans son trajet conservateur
Il n'est pas le torrent qui renverse, qui brise,
C'est le mouvant cristal qui brille et fertilise.
Mille fleurs, mille fruits, sur ses rives penchés,
Dans le sol qu'il humecte ont aspiré la vie.
L'usine ingénieuse, enfant de l'industrie,
Tournant sous les efforts en ses ondes cachés,
Fait par d'heureux produits prospérer la patrie.
Coule, aimable Ruisseau, daigne le Tout-Puissant
Te donner de longs jours aux vallons où nous sommes,
    Et, semblable à l'ami des hommes,
    Fais du bien sur terre en passant.
    Mais si, soumise aux lois du monde,
    Où toute chose doit finir,
    Ta source vient à se tarir,

Trop libérale de son onde,
Par toi cette campagne, encor longtemps féconde,
Du laboureur joyeux remplira les souhaits,
        Et l'on bénira sur la plage,
        A l'endroit où fut ton passage,
        Le souvenir de tes bienfaits.

ENVOI.

Dans mes faibles vers je voulais
Peindre un ministre intègre, un bienfaiteur, un sage,
Pour l'offrir en exemple à nos derniers neveux;
Ce limpide Ruisseau vient de combler mes vœux
        En réfléchissant votre image.

X.

LA FLEUR D'AMANDIER.

Pour régner la première et mériter l'honneur
D'annoncer du printemps l'approche bienfaisante,
 D'Amandier une blanche fleur
 Ouvrit sa corolle imprudente
 Aux rayons d'un soleil trompeur.
Sur un bouton débile avant le temps fleurie,
 Elle se trouvait sans vigueur
Pour braver des frimas la dernière furie,

Et bientôt succombant sous le souffle mortel
    D'un hiver tardif et cruel,
Sans rapporter de fruit elle tomba flétrie.

Au patient travail livrez vos jeunes ans,
Vous tous qui des beaux-arts choisissez la carrière,
Ne vous hâtez jamais d'affronter la lumière,
Ne brillez pas trop tôt, pour briller plus longtemps.

LE MÉNÉTRIER ET LE LOUP.

XI.

LE MÉNÉTRIER ET LE LOUP.

Comme on me l'a conté, je le conte à mon tour.
Certain Ménétrier s'acheminait un jour,
Pour prêter son talent dans le prochain village;
D'accord avec l'Hymen, peut-être avec l'Amour,
Il allait diriger le bal d'un mariage.
A danser en ce jour bien fou qui manquera,
Car on n'est jamais sûr, quand on entre en ménage,
Que de danser plus tard le moment reviendra.

Retournons à notre homme ; ayant franchi la plaine,

Il lui reste à passer encore une garenne.

Vers la fin du trajet, voilà que tout à coup

Il se retourne, et voit un effroyable Loup,

A la gueule béante, à l'œil rouge et féroce.

Le virtuose alors n'était pas à la noce,

Et même il doutait fort de s'y jamais trouver.

    Pour se défendre et se sauver,

    Que faut-il en effet qu'il fasse ?

Comptant sur un festin, il a mis seulement

Un morceau de pain sec au fond de sa besace,

Avec son violon, pacifique instrument,

    D'un faible secours à la chasse.

    Pourtant, comme un petit moyen

    Fut toujours préférable à rien,

Il jette au Loup le pain ; cet animal le flaire,

    Le retourne, le considère,

Et dit : Ce morceau-là n'est pas de mon gibier,

    Un morceau du Ménétrier

    Sera beaucoup mieux mon affaire.

Il perd du temps ainsi; notre artiste, au contraire,
Profitant du retard, a déjà reculé,

　　Et s'est à propos rappelé

　　D'avoir lu, n'importe en quel livre,

　　Qu'un certain *Orphée* autrefois,

　　En jouant du luth dans les bois,

Par tous les Loups-Garoux se fit aimer et suivre.

Voyons si mon archet, qui m'a toujours fait vivre,

Saura bien, se dit-il, m'empêcher de mourir.

Il prélude gaîment, le Loup surpris s'arrête

A ce bruit tout nouveau qu'il ne peut définir;

Car il savait par cœur tous les airs de musette,

Mais il était novice en fait de violon.

L'homme, qui voit l'effet produit par le flonflon,

Toujours en reculant râcle au Loup qui balance,

Une valse, un galop, même une contre-danse.

Sous ses pas attentifs le chemin s'est enfui;

Le village paraît, l'espérance avec lui.

Quand le monstre dupé pour en finir s'avance,

Arrivent de gros Chiens, défenseurs du hameau,

Qui le font trépasser sous leur gueule énergique.

On tira cinq francs de sa peau,

Ce fut pour payer la musique.

Si vous avez affaire à de mauvaises gens,

Observez-les, gagnez du temps;

Vous pourrez profiter de leur imprévoyance.

Le ciel ne permet pas toujours que les méchants

Soient conseillés par la prudence.

XII.

LE CARRIER.

Travaillant sans relâche au fond d'une carrière,
Pour arracher au sol quelques fragments de pierre,
    Un ouvrier laborieux,
    Et par malheur ambitieux,
En stériles désirs usait sa vie entière.
Il avait beau creuser de son bras diligent
L'antre humide où jamais ne brillait la lumière,
En vain il se couvrait de sueur, de poussière,

A ce métier de taupe il gagnait peu d'argent.

    Il s'en plaignait, quand d'aventure,

Sous les coups redoublés que frappe sa vigueur,

    Il voit paraître une capture

    Dont il ignore la valeur;

Un animal fossile, un vétéran du monde,

    Caché sous la couche profonde;

Rare et savant débris qui du céleste auteur

    Raconte aussi la puissance infinie,

    Et dont Cuvier ([11]), par son génie,

    Devint le second créateur.

Au bruit de la trouvaille, un avide amateur

    S'empressa de faire l'emplette

        Du squelette,

    Et le paya cent beaux écus.

    Notre ouvrier ne savait plus

    S'il rêvait; mais loin d'être en peine,

    Comme ce prudent savetier

    De notre excellent La Fontaine,

Il était si joyeux de cette bonne aubaine,

Qu'il but et qu'il chanta huit jours à plein gosier.

On n'est plus philosophe à présent : lorsqu'un homme

Touche sans le prévoir une notable somme,

Il se garderait bien de la répudier,

    Et si l'argent trouble son somme,

C'est qu'il rêve au moyen de le multiplier.

    Cela perdit notre carrier.

    Trop avide, il eut la sottise

De prêter son avoir au chef d'une entreprise

Qui devait, disait-on, tripler le capital ;

Il perdit l'intérêt avec le principal.

De son heureux hasard la tête encore éprise,

    Il travailla moins et plus mal.

Trouvait-il un beau bloc qu'il aurait pu bien vendre,

    Il le brisait, afin d'apprendre

    S'il ne recélait pas encor

      Un semblable trésor.

    Ces soins-là furent inutiles,

    Il ne vit pas d'autres fossiles,

    Et ne gagna presque plus rien.

Ceci, je crois, prouve assez bien

Que la Fortune est femme un peu coquette;

Elle sait nous charmer d'un regard décevant.

Sommes-nous bien épris? Vite elle nous rejette

Plus malheureux qu'auparavant.

Que de maux a causés son humeur infidèle!

Le travail, au contraire, est un constant appui.

Enfants, comptez toujours sur lui,

Mais ne comptez jamais sur elle.

XIII.

LE RÉMOULEUR ET SON FILS.

Un grand garçon, fils d'un bon Rémouleur,
Du matin jusqu'au soir tournait la manivelle
De la meule où son père, avec beaucoup d'ardeur,
En aiguisant l'acier servait la clientèle.
Ce métier vers nos gens attirait peu d'écus ;
Mais ils gagnaient leur vie, et n'en voulaient pas plus.
Ils se trouvaient heureux. Tel homme est dans ce monde
Beaucoup plus gai que ceux que le Pactole inonde.

13

Les deux gagne-petit, fredonnant la chanson,
Exerçaient leur état de la belle manière ;
    Aussi le rasoir du barbon,
    Le couteau de la cuisinière,
    Les ciseaux de la couturière,
De gros sous rapportaient suffisante moisson,
Et payaient chaque soir le mal de la journée.
Le bonheur dure peu, telle est sa destinée ;
L'infidèle pratique un jour se retira,
Si bien que leur travail à peine procura
Ce qu'un bon appétit demandait sans remise.
Le Rémouleur, afin d'arrêter cette crise,
Ne perdit pas son temps à se plaindre du sort,
    Comme tant de sots font à tort.
Il chercha le motif de ce désavantage,
Et vit qu'on avait droit de blâmer son ouvrage.
Il se disait tout bas : Je me fais un peu vieux,
Ma main pèse à présent, peut-être aussi mes yeux,
Par le temps obscurcis, refusent le service ;
De l'amour-propre il faut faire le sacrifice.

N'ai-je pas eu mon tour de briller ici-bas?
Mon fils a de bons yeux, sa main ne tremble pas,
Et l'homme que les ans ont frappé de leur glace
Doit au jeune homme fort gaîment céder la place;
Ainsi le ciel le veut. Allons, viens, mon mignon,
Dit-il, tu deviens chef, moi simple compagnon;
Je tournerai la meule, et mon expérience
A ton jeune labeur ajoutant son appui,
Fera, grâce au bon sens qui me guide aujourd'hui,
Revenir près de nous l'ouvrage en abondance.
L'événement paya sa juste prévoyance.

Regardant le passé sans amer souvenir,
   Heureux ceux qui savent vieillir!

XIV.

LE RICHE ET LE MORALISTE.

Un riche parvenu, qui fréquentait les grands
    Et reniait les tisserands,
    Dont il s'affligeait de descendre,
De ses terres montrait les aspects différents
A certain philosophe un peu de ses parents,
Qui pour affaire en ces lieux dut se rendre.
Convenez que mon parc est noble et gracieux,
    Dit le riche avec importance,

Beaucoup de nos seigneurs s'en disent envieux,

S'il me coûte trop cher, je plains peu la dépense,

Qui, par un tel honneur, peut se justifier.

  J'admire, et ne puis le nier,

De vos vastes jardins l'opulente ordonnance ;

La nature et les arts y luttent de splendeurs,

  Nous cheminons parmi des fleurs,

  Dont la séduisante abondance

  Se marie avec élégance

  Au luxe de l'arbre étranger ;

  Mais je cherche le potager.

Le potager ! fi donc ! grande serait ma honte,

Lorsque je recevrais le marquis ou le comte,

De laisser sous leurs yeux carottes et navets,

  Ou les sabots ou la brouette

  De mes jardiniers sans toilette.

  Par un rideau d'arbres épais,

  Dont l'ombrage à mes vœux se prête,

J'ai caché tout cela. Bien, dit le visiteur,

Mais ne craignez-vous pas de provoquer la bile

De tout Moraliste frondeur ?

Ce parc lui semblerait peut-être un grand seigneur,

Dont l'aspect brillant mais stérile

Selon vous doit vous honorer,

Et le potager l'homme utile

Que vous rougiriez de montrer.

XV.

LES DEUX CHATS.

Vous voulez qu'aujourd'hui je vous conte une fable ;
Je ne sais pas vraiment si j'en aurai l'esprit.
Voilà bien un sujet, mais il est si petit,
Que de vous agréer je le crois peu capable.
Qu'importe, au demeurant, si nous réussissons
A tirer de deux Chats quelques bonnes leçons.

Pendant une nuit printanière,
Époque où des Matous la race aventurière
Sous les lois de l'Amour s'échappe du logis,

Un Chat voit par la ville un de ses bons amis,

Courbé par les malheurs et la faim meurtrière.

D'où viens-tu? lui dit-il. Comme te voilà fait!

A peine si mon œil ici te reconnaît.

Toi que j'ai vu si beau fréquenter la gouttière,

Pourquoi ton seul aspect fait-il compassion?

　　　Manques-tu de condition?

Si ce n'est que cela, je vais t'en céder une

Où tu peux, à l'abri des coups de la Fortune,

Du repos que je fuis à ton tour profiter.

Ce repos m'était cher, et, loin de le quitter,

Jamais hors de ces lieux je n'aurais mis la patte,

Si je n'étais épris d'une petite Chatte

Qui vit à la campagne, et dont les yeux si doux

　　　Me font oublier la prudence;

　　　Car l'amour, soit dit entre nous,

A toujours dérangé bon nombre de Matous,

　　　Dans notre beau pays de France.

De ma part, sans délai tu te présenteras

　　　Où tu vois une rue étroite;

C'est en entrant, à patte droite,
La seconde maison que tu découvriras.
Des maîtres de ce lieu bientôt tu recevras
　　　Des témoignages de tendresse;
　　　Car ils adorent Chats et Chiens,
　　　Comme ces vieux Égyptiens
　　　Dont nous admirons la sagesse.
Il faudra seulement flatter un peu le goût
De tes nouveaux patrons; la propreté surtout
　　　Près d'eux fut toujours bien venue.
Comme en ce moment-ci nous sommes dans la mue,
Du poil, que fait voler le souffle du printemps,
Tu ne saliras point, par des sauts imprudents,
Les habits de ton maître ou ceux de ta maîtresse.
D'ailleurs, ni dent ni griffe avec ces bonnes gens.
En observant cela, gâté par leur faiblesse,
Tu mangeras à table, et t'y verras traité
Comme chez un ministre on traite un député.
Va, redeviens heureux, c'est ce que je désire.
Notre affamé deux fois ne se le fait pas dire;

Dans le nouveau logis il entre au point du jour.

On l'accueille à souhait au sein de la famille,

Où d'abord à chacun il sait faire la cour.

Mais à peine l'ingrat se refait, se r'habille,

Qu'il répond aux bienfaits par plus d'un mauvais tour.

Sur un sopha tout neuf monsieur s'étale en maître;

Jusqu'au dernier excès devenu familier,

Il souille le salon, qu'il prend pour un grenier.

Comme animal paisible il s'était fait connaître;

Tout à coup, revenant à ses instincts brutaux,

Il éborgne le Chien, il croque deux Oiseaux;

    Bref, il agit de telle sorte,

Que l'on fut obligé de le mettre à la porte.

Le drôle en ses méfaits retrouva tous ses maux.

    Quand la détresse vous afflige,

Vous trouvez de bons cœurs prêts à vous assister;

    Mais sur eux cessez de compter,

Si vous désobligez alors qu'on vous oblige.

XVI.

LE PAPILLON ET LA FOURMI.

Combien ta vie est ennuyeuse !
Dit à la Fourmi travailleuse
Un Papillon frais et dispos.
Quoi ! toujours la corvée et jamais le repos !
A peine si les nuits à ton labeur font trève ;
Portant graine ou fétu quand le soleil se lève,
Sous les mêmes fardeaux tu succombes le soir.
Vraiment tu me fais peine à voir.

Ah! si pour mes péchés l'on eût tissu ma vie

　　De semblable monotonie,

　　Nous en verrions bientôt la fin.

Le ciel a, par bonheur, varié mon destin.

D'abord je vois le jour libre et simple chenille;

Savourant à mon gré le rosier, la charmille;

Je vais où bon me semble, et mon repas est prêt.

Quand cet état me lasse, en un réduit secret,

Que je sais tapisser de la plus fine soie,

Chrysalide je dors, puis un jour, plein de joie,

Je deviens Papillon, brillant comme la fleur

　　Qui, fière de ma préférence,

　　Livre à mon heureuse inconstance

Son calice, où je bois la vie et le bonheur.

N'est-ce pas là jouir d'une douce existence?

　　Certe, on n'en peut disconvenir,

Réplique la Fourmi, sous la triple figure

　　Dont te revêtit la nature,

Tu sais, sans prévoyance, atteindre le plaisir

Que ne me donne point mon travail monotone;

Mais lorsqu'arrivera le déclin de l'automne,

Mon pauvre Papillon, que vas-tu devenir?

Par la persévérance et par l'économie,

Qui m'auront honorée au temps de la moisson,

Je me garantirai de la bise ennemie ;

Lorsque paralysé sous le premier glaçon,

Dont ne peut te sauver nulle métamorphose,

    Tu vas périr comme la rose,

    Et devenir une leçon

    Pour ces hommes d'humeur légère,

    Qui, dépensant leurs jours entiers

    A goûter de tous les métiers,

Ne font rien, et bientôt meurent dans la misère.

XVII.

LE CHIEN RETROUVÉ.

Dès longtemps une femme avait perdu son Chien ;
Sa douleur était vive et toute naturelle,
Elle était, je crois, veuve ou vieille demoiselle ;
Dans l'un ou l'autre état l'on chérit ce gardien,
    Animal soumis et fidèle,
Qui de la solitude abrége les ennuis,
Qui nous veille et nous aime et les jours et les nuits,
Dont l'œil intelligent nous parle et nous devine.

Lorsque cette femme, chagrine
De ne plus voir le Chien de ses affections,
Eut pris de tous côtés des informations,
Et vainement promis la *récompense honnête*
    A qui rendrait la pauvre bête,
Il eût fallu pouvoir oublier ce malheur.
    Oublier l'ami de son cœur,
    Ce fut trop pour la bonne dame.
Hier, quand d'une voix qui tristement réclame,
Elle interroge encor les quartiers de Paris,
    Qui se montre à ses yeux surpris?
Son Chien, son cher Azor, en habit de marquis!
Sous cet accoutrement il n'a rien qui repousse,
Au contraire, il ressemble au général *Tom Pouce* [12].
Bien qu'Azor ait un titre et sente fort la cour
    Sous madame de Pompadour,
Les grandeurs n'ont pas pu gâter son caractère;
Il caresse l'amie à son cœur toujours chère,
    Il n'a pas oublié le bien
Que lui fit sa maîtresse en des jours pleins de charmes;

Même on dit qu'à ses yeux de Chien

L'on a vu briller quelques larmes.

Pour rester toujours sage, il fit plus d'un effort,

Mais là, comme partout, l'Amour fut le plus fort.

De Chiens danseurs une troupe légère

En la ville étalait ses tours voluptueux,

Il était jeune, impétueux,

Il s'enflamma soudain pour la jeune première;

Vénus le fit sauteur, ce sont là de ses jeux.

Azor devint bientôt le *Vestris* (¹³) de la troupe.

Pour le public qui l'entourait en groupe,

Ce qui fit son plus beau succès,

C'est qu'il porta l'habit français

Mieux que certains acteurs bien connus à la scène.

A l'excuser ici je ne veux pas chercher,

En suivant la danseuse il fit une fredaine;

Cependant, vers l'oubli si vous voulez pencher,

Demandez aux seigneurs de notre espèce humaine

S'ils auraient tous le droit de la lui reprocher.

D'ailleurs, à l'instant même il sait se détacher

Du vil métier qui le fatigue ;
En rompant des liens réprouvés par l'honneur,
Et son engagement avec le directeur,
Sous le toit paternel, comme l'enfant prodigue,
Il reçoit le pardon et donne le bonheur.

Ne refusons pas l'indulgence
A celui qui, dans une erreur,
N'a pas cessé d'avoir bon cœur
Et d'écouter la voix de la reconnaissance.

XVIII.

LES DIEUX EN EXIL.

On sait que les faux Dieux conspiraient quelquefois
  Contre le maître du tonnerre,
Et prouvaient qu'à l'Olympe aussi bien que sur terre,
On fut toujours friand de la place des rois.
Par bonheur pour Jupin, il avait bonne tête,
  Et sa police, fort bien faite,
   Éventait aussitôt
   Le plus mince complot.

Les Dieux donc, étant pris en une telle affaire,

Se virent condamnés, par un arrêt sévère,

A venir ici-bas, privés de leurs autels,

Occuper les emplois des plus simples mortels,

Sans avoir pu sauver de leur commun naufrage

  Ce peu d'or, utile bagage,

Loin duquel ils allaient vivre si malheureux !

Que dis-je? et pourquoi donc m'apitoyer sur eux?

Il leur restait beaucoup.... Ils avaient du courage.

Apollon, maître ès arts, s'établit médecin,

Ordonnant à propos ou rhubarbe ou ricin;

Il aimait moins l'argent qu'il n'aimait le malade,

De succès mensongers ne faisait point parade;

Même il disait du bien des docteurs, ses rivaux;

Et si l'homme souffrant l'appelait à son aide,

Il ne prétendait pas le guérir de tous maux

  Avec un seul remède.

  Bacchus se fit marchand de vin;

  Ne voulant pas suivre l'usage

De frelater sa cave avec de faux breuvage,

Il eut bientôt fait son chemin.

A ses marteaux Vulcain trouvait toujours des charmes,

Il professa l'art de forger.

Le Temps, quoique un peu vieux, fut habile horloger.

Le dieu Mars enseigna le beau métier des armes,

Non pour dresser des spadassins,

Faux braves insolents, espèce d'assassins,

Qui, nommant point d'honneur un véritable crime,

Veulent avec principe égorger leur victime.

Mais puisque des humains tel est le triste sort,

Qu'ils doivent quelquefois s'entre-donner la mort,

Il montra le moyen de vendre cher la vie,

Lorsqu'il fallait défendre et sauver la patrie.

Enfin nos Dieux, guéris de toute ambition,

Vivaient entre eux sur terre en parfaite union.

Laborieux auteurs d'une honnête fortune,

Jamais aux pieds d'un grand, de leur voix importune,

Ils n'allaient mendier d'humiliants secours;

Vertueux citoyens, ils voyaient de leurs jours

S'user tranquillement la trame fortunée;

Leur occupation, sagement ordonnée,
Chassait loin d'eux l'ennui, fardeau des grands seigneurs
Et lorsque Jupiter, pour finir ses rigueurs,
Manda les exilés au séjour de la foudre,
Aucun d'eux à partir ne pouvait se résoudre.

Je le répète ici, ce n'est pas la grandeur,
Ce n'est point le fracas, les honneurs, l'opulence,
C'est la tranquillité, la douce indépendance,
Qui charment notre vie et donnent le bonheur.

XIX.

LA MOUCHE.

Au magasin d'un confiseur,
Une Mouche étourdie un beau matin entrée,
Au même instant fut attirée
Par un muid de sirop d'une excellente odeur.
Elle pouvait au bord, avec de la prudence,
D'un bonheur modéré goûter la jouissance ;
Mais hélas ! jeune encor, prévoit-on le danger ?
Au milieu du nectar elle voulut nager,

Et, croyant sans péril se repaître à cœur joie,
Parmi les flots sucrés la gloutonne se noie.

Le fleuve du plaisir a pour vous trop d'appas,
Buvez-y, jeunes gens, mais ne vous noyez pas.

———

XX.

LE CHIEN SANS MAITRE.

Un vieillard vivait dans Paris
Comme on y vit sans être riche,
Ignoré dans un coin et n'ayant pas d'amis,
En fait d'hommes s'entend, car un brave Caniche,
Toujours fidèle à son côté,
L'aimait, sans intérêt, d'une amitié sincère,
Et bien que chez ce maître on fît mauvaise chère,
Pour le rôt d'un évêque il ne l'eût pas quitté.

Hélas! il le quitta par ordre de la Parque.

Une nuit, le vieillard sur l'Achéron s'embarque,

    Et laisse à des collatéraux,

Accourus tout exprès pour fermer sa paupière,

Ses meubles vermoulus et quelques vieux joyaux,

Dont il s'embellissait dans un temps plus prospère.

Parfois les héritiers, gens durs, intéressés,

Respectent peu le goût des pauvres trépassés.

    Ces gens, que l'Avarice escorte,

    Au testament ne voyant rien

      Pour le Chien,

Font vendre son collier, puis jettent à la porte

    Ce modèle des serviteurs.

    Heureusement, il est des cœurs

    Ennemis de toute injustice.

Les voisins, empressés de lui rendre service,

    A l'aspect du mal qu'il ressent

    De la perte de son vieux maître,

    Ne tardent pas à reconnaître

Combien cet animal est doux et caressant.

Plein de zèle et de vigilance,

Tantôt il garde une maison,

Écartant des voleurs la redoutable engeance ;

Tantôt par les talents qu'il possède à foison,

Des fils de son quartier il amuse l'enfance ;

Enfin, à l'un, à l'autre, il montre à tout moment

De la bonté, du sentiment.

Chacun aussi le soutient, le caresse,

Et sans que l'on ait pu lui reprocher un tort,

Un jour il mourut de vieillesse

Sur le seuil du logis où son maître était mort.

Nous voyons, par ce Chien banni de son asile,

Et recevant partout un accueil précieux ;

Que lorsqu'on est aimable, et qu'on se rend utile,

On trouve à bien vivre en tous lieux.

———

XXI.

L'ANE ET LE LECTEUR.

Près d'un cabinet littéraire,
Un Ane un jour se mit à braire;
Puis, se grattant la tête à l'angle du volet,
Il le ferma, si bien que dans ce cabinet
Les Lecteurs étonnés demeuraient sans lumière.
L'un d'eux sortit, armé d'un solide bâton,

Avec ce ton hautain qui méprise et qui raille,
  Assez commun chez la grandeur,
  Une Citrouille en belle humeur
De son voisin le Gland frondait ainsi la taille :
Infiniment petit, atome végétal,
  Toi dont la mine est si menue
  Qu'en se donnant beaucoup de mal,
  A peine avec la longue vue
  Un œil perçant t'apercevrait,
Tu te crois quelque chose et ta vie est si frêle,
Que du léger zéphyr agité par son aile,
  Une Mésange t'abattrait.
Que tu dois t'affliger, sur ta branche légère,
Quand tu vois entre nous tant d'inégalité !
Sous mon orbe doré je fais gémir la terre,
  Et de ma forme planétaire,
Le passant, stupéfait, songe à l'immensité !
Fais, lui répond le Gland, trève à ta vanité ;
Chacun reçut sa part des dons de la nature.

Parmi les végétaux, quelquefois même ailleurs,

Les plus gros citoyens ne sont pas les meilleurs.

Seul des premiers humains j'ai fait la nourriture.

L'arbre que je produis fut longtemps vénéré

  Dans les pompes du culte antique,

Et je brille en ornant la couronne civique,

Dont plus d'un front auguste est parfois décoré.

Va, tu n'es pas du ciel un enfant préféré ;

Je dis même, en réponse aux traits dont tu me blesses,

Que si de ton gros corps je n'ai pas les richesses,

Moi, c'est en m'élevant que je me suis accru,

  Toi, légume sot et ventru,

  C'est en rampant que tu t'engraisses.

Ne confondez jamais, s'il faut qu'en fait d'honneur

Sur les plus méritants votre choix se concentre,

  Les petits qui montrent du cœur,

  Et les gros qui n'ont que du ventre !

XXIII.

LE SERIN ET LE MOINEAU (14).

Vive la Liberté! Je viens d'ouvrir la cage
    Où depuis longtemps je suis né.
Après tant de tristesse, il m'est enfin donné
    De ne plus vivre en esclavage.
    A moi les airs, à moi les cieux !
    A moi ce soleil radieux,

À Perret pour souvenir ami
et camarade De Sains 1847

LE SERIN ET LE MOINEAU.

Éclatant bienfaiteur de la nature entière !

A moi le bien si doux qui nous égale aux Dieux !

C'est ainsi qu'un Serin, posé sur ma gouttière,

Chante les vifs transports dont il est pénétré,

Lorsqu'un vieux Moineau franc, par hasard rencontré,

Lui dit : Modérez-vous, votre salut l'exige ;

Un excès peut vous perdre ; et si vous voulez bien

Imiter les oiseaux que la raison dirige,

Vous prendrez patience et ne brusquerez rien.

Pensez donc, mon ami, qu'avec votre paupière

Faite à l'obscurité dans un appartement,

    Vous ne pourrez du firmament

Soutenir tout le jour la brillante lumière ;

Votre aile, qui jamais au loin ne vous porta,

Vous trahirait sans doute au cours d'un long voyage,

Et de la liberté dont le ciel vous dota,

Si vous voulez trop tôt saisir l'entier usage,

A tout perdre à la fois vous vous exposerez ;

Tandis qu'à l'état libre arrivant par degrés,

En essayant d'abord vos moyens sans secousse,

Vous vous verrez conduit, par une pente douce,
Au bonheur sans limite auquel vous aspirez.
Le Serin, exalté depuis sa délivrance,
N'écouta nullement les avis du Moineau.
Se croyant passé maître en son état nouveau,
    Au milieu des airs il s'élance.
    Mais à trouver sa subsistance
Il était inhabile, et souffrit de la faim.
    La liberté n'est pas du grain.
Tandis qu'il en cherchait, il vit un Chat perfide
    Au moment de le dévorer.
Plus loin, par un Milan sanguinaire et rapide,
    Il faillit se voir déchirer.
Il s'enfuit néanmoins, mais avec tant de peine
Que, réduit au malheur de regretter la chaîne
    Qu'il avait cru fuir désormais,
Il reprit, tout honteux, sa vie accoutumée,
Au sein de sa prison, qui sur lui fut fermée,
    Et pour ne se rouvrir jamais.

Ce malheureux Serin, qu'en ma fable je cite,

A maint peuple pourrait enseigner, au besoin,

Que dans la liberté, si l'on veut aller loin,

    Il ne faut pas aller trop vite.

XXIV.

LA SOURIS PHILOSOPHE.

Victime de l'appât trompeur,
  Une Souris, jeune imprudente,
Un jour mordit la noix qui lâchait la détente
  D'un trébuchet, instrument de malheur.
Sans force à ce moment, la pauvre prisonnière,
    Après avoir fait maint effort
    Pour sortir de la souricière,
    Dans sa plainte accusait le sort,

Qui la venait frapper de mort
   Dès le début de sa carrière.
Tant de jours de plaisirs m'étaient encor promis !
   Se disait-elle en son petit langage ;
Les Chats ne viennent point dans ce vaste logis ;
   Combien, avec mes bons amis,
Tout entière livrée aux ébats de mon âge,
N'aurais-je pas rongé de lard et de fromage !
Il n'y faut plus songer. Mais quoi ! sitôt finir !
Je suis à mon aurore ; *est-ce à moi de mourir ?*
Qu'une vieille Souris, dont la queue est pelée,
Par qui notre maison de Souris fut peuplée,
   A la fin trouve le trépas
Sous la griffe du temps, ou de l'homme, ou des Chats,
   Ce n'est que la commune chance.
   Mais moi, dont le bonheur commence,
Qui suis dans la saison où règne la beauté,
Quand j'allais rendre heureux, par ma fécondité,
   Le beau Souriceau qui m'adore,
   Je ne veux pas mourir encore.

Et puis d'un long abattement
Sa doléance était suivie ;
On gémirait à moins. Tout à coup, se calmant,
Elle a faim, et conçoit l'envie
De ronger jusqu'au dernier grain
La noix, cause de son chagrin.
Pourquoi, dit-elle, ici ne pas faire bombance ?
La Parque ayant filé le dernier de mes jours,
Je n'en mourrai ni plus ni moins, je pense,
Et quand j'aurai rempli ma panse,
Ma foi, les coups du sort me paraîtront moins lourds.
Aussitôt fait que dit ; la noix est avalée.
A peine la Souris s'est-elle régalée,
Qu'elle fait pour sortir un nouveau mouvement,
Sans en espérer autrement
Le succès de son entreprise.
Mais ô bonheur ! ô surprise !
Du repas qu'elle a pris loin de se repentir,
Elle s'en trouve bien plus forte,
Et, poussant son museau sous le seuil de la porte,

Fait tant que cette fois elle peut l'entr'ouvrir,

    Et s'enfuir !

Dans le malheur il faut de la philosophie ;

    Le désespoir n'est bon à rien :

Il nous met hors d'état de profiter du bien

Auquel un sort plus doux quelquefois nous convie.

O vous, qui pâtissez des maux de cette vie,

Vous qu'un destin funeste afflige en ce moment,

Gardez de donner prise au découragement ;

Patientez un peu ; le temps, sur son passage,

  Ne sème pas seulement le souci ;

    Les plaisirs, le bonheur aussi,

    Sont une part de son bagage.

    Puisqu'on ne peut toujours souffrir,

    Attendez la fin de l'orage

    A l'abri de votre courage ;

    Un meilleur temps va revenir.

CONTES ET ANECDOTES.

SYLVESTRE ET LOUIS.
ou les deux Ouvriers.

CONTES ET ANECDOTES.

I.

SYLVESTRE ET LOUIS,

ou

LES DEUX OUVRIERS.

—

ANECDOTE.

Souvent le plus beau fait se perd inaperçu,
Sans que l'enseignement qu'on en aurait reçu
À sa moralité nous conduise et nous lie;
On devrait l'imiter, au plus vite on l'oublie.

Le double trait qui suit, dévoûment amical,
    Est digne de votre mémoire.
    Bien qu'il soit tiré d'un journal ([15]),
    Vous ne risquez rien à le croire.

Ah! te voilà, Louis, comment va la santé?
Cher Sylvestre, assez bien, mais je suis attristé;
Depuis plus de deux mois je suis privé d'ouvrage.
J'ai tout vendu pour vivre, outils, hardes, ménage;
Je n'ai plus de ressource, il me faudra demain,
Si je ne veux mourir, aller tendre la main.
Toi mendier! Toi fier, toi l'ouvrier capable,
D'abord jeune homme instruit, puis soldat redoutable,
    Devant qui l'étranger a fui,
Toi demander l'aumône! Oh non, si dans la guerre
On t'admirait vaillant ainsi que Bélisaire,
On ne te verra pas mendier comme lui.
    Viens sous mon toit, de ta misère
    J'adoucirai le coup affreux;
Et tant qu'il restera du pain dans ma chaumière,

Comme tout ce que j'ai, ce pain est à nous deux,

Viens..... Pour un temps, Louis accepta l'assistance

Que lui donnait Sylvestre avec effusion ;

Mais l'amitié sincère a sa discrétion,

    Comme l'amour son exigence.

Louis voulut chercher ailleurs sa subsistance,

Sachant la pauvreté de son noble sauveur.

Celui-ci se disait : Combien j'ai de malheur

De ne pouvoir chez moi garder mon camarade !

Moins pauvre, j'eusse encore été son bienfaiteur,

Pourquoi n'est-on pas riche, alors qu'on a bon cœur ?

Ils se quittent après une chaude embrassade.

Sylvestre, resté seul, vint à tomber malade,

Après que de Louis il se fut séparé.

    La fièvre ayant longtemps duré,

De la gêne, à son tour, il souffrit les atteintes.

    Un jour que s'abstenant de plaintes,

Bien qu'il fût sans secours et presque sans espoir,

Sur sa porte il prenait la fraîcheur vers le soir,

Il voit, dans le chemin du village à la plaine,

Un homme qui vers lui, courant à perdre haleine,

S'avance en s'écriant : A mon tour! à mon tour!

    C'était Louis, dont le retour,

De Sylvestre venait ranimer l'existence.

Jette-toi dans les bras de la reconnaissance,

    Dit-il; au comble de mes vœux,

  Je puis enfin te parler le langage

Que tu tenais pour moi lorsqu'un sort rigoureux

    Me fit de ton pain généreux

    Accepter ici le partage.

    Ami, j'ai fait un héritage!

    Cet héritage est à nous deux ;

    Nous n'aurons plus d'autres affaires

    Que d'en jouir comme des frères.

Viens habiter chez moi, je veux dire chez nous,

Car nous ne ferons qu'un; dans cet accord si doux,

    Jamais le plus léger nuage

Sur le cours de nos ans ne va se déployer;

    Dans l'hiver à notre foyer,

    Pendant l'été sous le feuillage,

Nous raconterons chaque jour,
En puisant de la joie aux flancs d'une futaille,
    Toi des aventures d'amour,
    Moi les hauts faits d'une bataille.
Partageant nos travaux, partageant nos loisirs,
Tristes du même mal, gais des mêmes plaisirs,
    Dans le réduit qui nous rassemble
    Nous bénirons notre lien,
    D'autant plus heureux d'être ensemble
    Qu'ensemble nous ferons du bien ;
    Car si ce n'est pas l'opulence
    Que je t'apporte en cet instant,
    C'est de quoi vivre plus content,
En ouvrant quelquefois la main pour l'indigence.
Puis, toujours satisfaits de ce que nous aurons,
Si, dans l'obscur état que le sort nous impose,
    Nous ne possédons pas grand'chose,
    Du moins nous nous posséderons.
    Aimés comme nous aimerons,
N'étant pas enviés et n'enviant personne,

Des beaux jours que le ciel nous donne
Nous saurons au mieux profiter ;
Et loin que le trépas nous force à nous quitter,
Tu pressens quelle fin, ami, sera la nôtre :
Quand le mal tûra l'un, le chagrin tûra l'autre.
Pour de vieux compagnons c'est le sort le plus beau.
Réunis par la mort sous l'abri d'un ormeau,
Après avoir enfin, au gré de notre envie,
    Tout partagé dans cette vie,
    Nous partagerons le tombeau.

    Longtemps cette union sincère
    Prépara ces amis au bonheur éternel.
    C'est par l'amitié que la terre
    Se rapproche le plus du ciel.

II.

LE PEINTRE-REVENANT.

—

CONTE.

Un peintre pourvu de talent,
Mais toujours dépourvu d'argent,
S'étonnait, à bon droit, de ce que ses ouvrages
Étaient tous, non sans peine, au plus bas prix vendus,

16

Tandis que l'on donnait de beaux et bons écus

Pour payer les essais, les moindres barbouillages

Des peintres, ses rivaux, dès qu'ils n'existaient plus.

Il se disait : D'où vient un semblable caprice?

On me laisse, vivant, endurer le malheur,

Et mes tableaux demain tripleraient de valeur,

Si le ciel aujourd'hui voulait que je périsse!

Un ouvrage pourtant ne devient pas plus beau

    Quand son auteur est au tombeau;

Et si l'ouvrage est bon quand l'auteur est en vie,

Pourquoi ne pas payer l'œuvre de son génie?

Pourquoi frustrer les jours d'un artiste savant

Pour le sot héritier qu'il a pour survivant?

D'un pareil contre-sens mon esprit se révolte.

Récompensez chacun de son habileté;

Si c'est moi qui semai, j'ai droit à la récolte.

En vain l'on me dira que du temps respecté,

Mon nom deviendra cher à la postérité.

Eh! que m'importe, à moi, qu'on me nomme célèbre,

Quand la mort pour jamais aura fermé mon œil,

Et que des mots pompeux d'une oraison funèbre

On vienne caresser le bois de mon cercueil,

Si tandis que je vis, plaintif et pauvre hère,

Je traîne le fardeau d'une longue misère,

Et si, toujours privé d'un solide succès,

    Que la Fortune aurait dû suivre,

Je dois, dans la détresse, attendre mon décès,

    Pour gagner enfin de quoi vivre?

Il est une leçon, innocente d'ailleurs,

Que je veux procurer à nos chers amateurs :

Mieux vaut tard que jamais corriger leur manie.

Cela dit, il se cache en un sombre réduit,

Tout exprès disposé pour cette comédie;

Ensuite, avec adresse il fait courir le bruit

Qu'il est mort, foudroyé par une apoplexie,

Et que chez lui, tel jour, au comptant l'on vendra

Meubles, dessins, tableaux, bosses *et cœtera*.

Il avait un ami dont la voix glapissante

Aux plus indifférents eût causé de l'humeur;

    Il en fit un huissier priseur

Pour mieux animer cette vente.

Des acheteurs bientôt la foule se présente,

Qui tous, émerveillés, dans leurs justes discours

A l'admiration donnent un libre cours.

Examinez, dit l'un, quel talent magnifique !

Le brillant coloris ! Quelle touche énergique !

Comme ce pauvre artiste aimait à dessiner !

Toujours soigneux de plaire et jamais d'étonner,

Reprend l'autre, il trouvait le beau dans la nature,

Laissant ensevelis dans une histoire impure

Les fastes du gibet, les forfaits révoltants,

Qui des barbares mœurs nous retracent le temps ;

Il s'adressait au cœur par de nobles images.

On ne peut trop payer ses travaux importants.

Mille écus, dit l'huissier, l'esquisse des trois Mages !

Adjugée ; et chacun d'enchérir sur les prix.

Ce qui, le mois d'avant, n'eût trouvé que mépris,

Au poids de l'or payé paraît une trouvaille ;

Tous en veulent avoir, c'est presque une bataille.

Le croquis a l'honneur de se voir disputé ;

Pas un coup de crayon qui ne soit acheté.

Quand tout est bien vendu, que la somme est bien ronde

Une voix souterraine étonne tout le monde.

Voilà ce que chacun avec trouble entendit :

Que le jour où mon cœur brûla pour la peinture

    Soit un jour à jamais maudit !

Je croyais m'élancer, par une route sûre,

Au bien-être, au succès, justement mérité ;

De laurier, pour mon front, je rêvais la parure.....

Je viens de mourir pauvre et dans l'obscurité.

Aujourd'hui que la tombe a fini ma misère,

Quand des biens d'ici-bas l'on me voit écarté,

On vient jeter de l'or sur ma froide poussière.

Au fond de son sépulcre en a-t-elle besoin ?

C'est lorsque je vivais, qu'il fallait prendre soin

D'honorer mon talent que trop tard on admire.

Votre oubli fit ma mort comme il fit mon tourment ;

Mon ombre sur vous tous se venge en ce moment,

Et je viens vous livrer à l'infernal martyre ;

Tremblez ! La voix alors pousse un éclat de rire.

Du coin mystérieux mon peintre sort vivant,
Et de mourir encor ne montrant nulle envie.
Pardonnez, leur dit-il, au Peintre concevant
Dans l'intérêt de tous une supercherie;
De concert avec vous j'ai frondé le travers
Qui dote ainsi la mort aux dépens de la vie;
C'est assez; du moyen dont ici je me sers
Vous ne m'en voudrez pas; pour jouir des richesses,
Un artiste jamais ne fera de bassesses;
Emportez tout votre or, je garde mes tableaux,
Satisfait de vous voir estimer mes travaux.
Mais si jamais un homme, utile en ses ouvrages,
A la gloire, au pays, consacrant ses pinceaux.
De ses concitoyens mérite les suffrages,
Pour payer ses talents, pour embellir son sort,
Messieurs, n'attendez pas que cet homme soit mort.

III.

LA PLUME.

—

ANECDOTE.

Puisque nous voilà réunis,
Et que nous n'avons rien à faire,
Je vais tâcher de vous distraire
Par un de ces beaux traits sur la terre bénis.

Ne vous y trompez pas, ce trait c'est de l'histoire;
    On en gardera la mémoire,
Pour que son digne auteur soit longtemps honoré.

Dans un pays voisin, vivait considéré
Un brave homme exerçant la banque et le négoce;
L'ordre, les bonnes mœurs, le travail et le soin,
De sa mince fortune avaient fait un colosse.
L'univers commerçant ne comptait pas de coin
Où n'eût pas retenti sa vaste renommée.
Cependant ce Crésus, qui pouvait au besoin
Équiper à ses frais une petite armée,
    Dans la crainte de dépenser,
Était si modéré, si sobre en toute chose,
Que son habit rapé tous les jours était cause
Qu'on parlait d'*Harpagon* en le voyant passer.
Eh bien! l'on avait tort, car cet excellent homme
N'était pas un avare; il était économe.
Satisfait des trésors par ses talents acquis,
De bon cœur il portait secours à la misère,

Et les avares du pays,

Lui voyant leur livrée et non leur caractère,

Le regardaient comme un faux frère.

Un matin, dans sa chambre il appelle un commis

Dont le père, éloigné, commerçait en soïrie,

Et lui dit : Écrivez promptement, je vous prie,

Un important billet. Je vais vous le dicter.

Le jeune homme, pour s'apprêter,

S'empare aussitôt d'une plume,

Au même instant jetée à terre avec dédain,

Parce qu'à la voir il présume

Qu'elle ne pourrait plus obéir à la main.

D'un coup d'œil mécontent le patron le regarde,

Et dicte le billet, sans gronder cependant.

Cette affaire finie, il voit que par mégarde

On n'a pas lu l'envoi de maint correspondant,

Et charge le commis, honnête confident,

D'en prendre aussitôt connaissance.

Tout bas notre jeune homme lit.

Tout à coup, il tremble, il pâlit,

Il se soutient à peine, et semble en défaillance;
Des larmes de ses yeux coulent en abondance.
Qu'avez-vous? dit le maître, et quel subit chagrin
    Dans ce moment vous frappe et vous altère?
Souffrez-vous? L'on ira chercher mon médecin.
    Parlez.... Hélas! monsieur, mon pauvre père
M'écrit qu'un grand malheur va le déshonorer;
Ce déplorable coup, difficile à parer,
Vient de fondre sur lui, causé par des faillites.
    Près de se voir incarcérer,
Sans avoir fait jamais d'actions illicites,
Mon père au nouveau monde ira s'aventurer.
A son âge avancé pourra-t-il se suffire?
Non, sans doute, et je dois bien à regret vous dire
Que dès demain, monsieur, je compte vous quitter;
    Mon cœur m'ordonne d'habiter
    Les lieux où mon père respire.
Le vieux banquier ramasse alors sans hésiter
La plume que dans l'âtre il avait vu jeter,
Puis, écrivant un peu sur un fragment de lettre,

Cette plume à la main, il va vite remettre
L'écrit à son jeune homme, et doucement lui dit :
    Dans ce papier, j'ouvre un crédit
De trois cent mille francs à monsieur votre père.
Une autre fois, mon fils, d'une main trop légère,
Ne jetez point d'objets ayant de la valeur,
    Si petite qu'en soit la dose.
Si j'eusse été prodigue, aurais-je le bonheur
D'écarter le péril où le sort vous expose?
Et quand j'emploie ici, pour vous rendre l'honneur,
Cette plume lancée au rebut par erreur,
Vous voyez qu'elle est bonne encore à quelque chose.

    Dans les bras de son bienfaiteur,
      Le jeune homme se précipite;
De la douce leçon désormais il profite,
Aimant l'économie à l'égal d'un trésor;
      Et dans sa famille sauvée,
      Et du déshonneur préservée,
      La plume se conserve encor.

IV.

UN TRAIT DE LA VIE DU PEINTRE VINCENT ([16])

ANECDOTE.

Après la révolution,
Laquelle? direz-vous. Elles sont si fréquentes
Qu'il faut les désigner avec précision.
Attendez.... c'était celle où des voix éloquentes,

R. Pérignon.

VINCENT.

Après avoir sapé le trône de nos rois,

Entraînèrent la France, en proie à l'anarchie,

Sous le joug éclatant d'une autre tyrannie,

Qui voilait ses abus par de brillants exploits.

     Une dame, que l'infortune

     Venait d'accabler de ses coups

     Enfin échappée aux verrous,

     Gémissait sans ressource aucune.

Trop fière en son malheur pour jamais recevoir

Aucun don de personne, elle voulait devoir

Au travail de ses mains sa modique existence.

     Ses habitudes, sa naissance,

Ne lui permettaient pas de faire un dur métier ;

     Elle fit choix de la peinture,

     Et se mit à l'étudier

     Du matin à la nuit obscure.

     Mais souvent cet art séducteur,

     Par une ingratitude noire,

     A son fidèle adorateur

Ne rapporte ni pain ni gloire.

De la dame c'était le cas.

Elle était sans talent et ne s'en doutait pas ;

C'est un fait bien commun, mais ce n'est pas un crime.

D'ailleurs, elle en était la première victime :

Esclave du travail, sans jamais voir venir,

    Au gré de son ardent désir,

Un seul portrait à faire ou la moindre commande.

Ainsi que son chagrin sa détresse était grande,

Lorsqu'un jour, auprès d'elle, arrive un inconnu.

Madame, lui dit-il, ici je suis venu

De la part d'un ami, bon curé de village,

Qui veut, pour son argent, avoir de votre ouvrage.

Il connaît vos talents, les estime entre tous ;

Pour orner son église il a compté sur vous.

Trop longtemps, m'écrit-il, ces vénérables voûtes

    Ont été l'asile des croûtes.

    On y regarde sans ferveur

Des vierges et des saints d'une telle laideur,

Que d'être vierge ou saint l'on en perdrait l'envie.

Il faut, comme autrefois, que l'œuvre du génie
Vienne prêter main-forte à la religion.
Tenez, poursuivait-il, cette affaire secrète,
Et dites, s'il vous plaît, qu'on a l'intention.
De faire tous les ans de tableaux une emplette,
Pourvu que du curé le budget le permette.
La dame crut d'abord voir l'ange Gabriel,
    Descendu tout exprès du ciel
    Pour mettre un terme à sa misère.
D'un Christ qu'elle peignit pour le saint baptistère
On fut si satisfait, que depuis ce moment
Le curé commanda toujours quelque ornement,
Jusqu'au jour où, de l'âge éprouvant l'influence,
L'artiste, heureuse au sein de son indépendance,
Ses pinceaux à la main, mourut tranquillement.
Au bout de quelques mois perdit aussi la vie
    Un membre de l'Académie;
    Excellent peintre, homme estimé,
    Que ses élèves ont aimé
    Comme un bienfaiteur, comme un père;

C'était Vincent, dont la carrière
Pourrait servir d'exemple à plus d'un professeur.
Dès que l'on apprit ce malheur,
On s'occupa de l'héritage
(Messieurs les héritiers n'aiment pas le retard).
Lorsque pour faire le partage
On rassembla les objets d'art,
Parmi les œuvres du grand maître
On s'étonna de voir paraître
Des tableaux sans dessin, sans goût, sans coloris,
Comme le romantisme en expose à Paris.
Qu'étaient donc ces tableaux? Il faut que je le dise :

Vous avez cru qu'un bon curé
Par un tiers s'était procuré
Des peintures pour son église.
Détrompez-vous, il n'en fut rien :
Ce pasteur supposé n'était que le moyen
Dont se servait Vincent pour donner une rente
A la dame, fière indigente,

Dont ce récit vous a parlé.

L'ami qui nous a révélé

Ce trait d'une bonté touchante,

Commandait les tableaux, tous les ans les soldait

Avec l'or de Vincent, et Vincent les gardait.

Grâce à cette action charitable et discrète,

La noble dame n'éprouvait

Ni la honte ni la disette,

Croyant devoir à sa palette

Ce qu'à Vincent elle devait.

Heureux cent fois sur cette terre

Qui peut, comme le bon Vincent,

Être admiré pour le talent,

Être aimé pour le caractère !

V.

LA SOUTANE.

—

CONTE.

Il était deux abbés, comme on en voit tant d'autres,
Qui, doués des vertus dont brillaient les apôtres,
Méprisaient d'ici-bas les soins ambitieux,
Pour mériter plus tard la sainte paix des cieux.

LA SOUTANE.

Semblables par l'esprit, par la taille et le geste,
L'Amitié les avait assortis tout exprès.

    A s'entr'obliger toujours prêts,
Ils redoutaient l'absence, aux amis si funeste,
Et vous auriez cru voir Pylade avec Oreste,

    Pourtant, à la tonsure près.
L'un de ces deux abbés avait assez d'aisance ;
L'autre avait tout au plus le pain quotidien.
Ce dernier s'affligeait de se trouver sans bien,
Non pas que de l'envie il subît l'influence,
Mais il aurait voulu donner en bon chrétien,
Quand ses yeux attendris rencontraient l'indigence.

    Un beau jour, ces loyaux amis
Entreprirent ensemble un assez long voyage.
Le plus aisé faisait un saint pèlerinage
Pour accomplir un vœu ; dans le même pays,
L'autre, le lendemain, de la ville voisine,

    En prêtre agréable et fervent,
    Devait visiter le couvent
    Dont l'abbesse était sa cousine.

Mais avant de se séparer,
Tous deux dans une chambre il faudra demeurer ;
Il n'en est pas d'autre en leur gîte.
Une nuit, cela passe vite.
L'abbé pauvre, de grand matin,
Part sans argent et sans butin.
Le voilà dans la ville au gré de son attente :
Un homme estropié devant lui se présente :
Ayez pitié de nous, le bon Dieu, qui vous voit,
Du bien que vous ferez un jour vous tiendra compte.
Ma femme et mes enfants, presque nus sous mon toit,
Succomberont bientôt ou de faim ou de froid,
Si pour les soulager votre main n'est pas prompte ;
Donnez. Mon cher ami, par malheur je n'ai rien ;
Je ne puis que prier le ciel qu'il vous assiste.
Chacun me dit cela ; mais lorsque je persiste,
Répond le mendiant, l'on trouve le moyen
De calmer sans retard ma pressante misère.
Je vous l'ai déjà dit, je ne puis rien, mon frère ;
Mentir est un péché que je ne commets pas.

Quand j'ai quitté l'auberge où j'ai pris mes repas,

Je n'avais plus un sou pour donner à la fille,

Que Dieu fit prévenante et peut-être gentille.

Cherchez, vous trouverez, dit encor l'indigent;

Si de me secourir vous avez bonne envie,

Celui par qui les morts revenaient à la vie,

Qui supporta pour nous un supplice outrageant,

Qui conjurait les maux guéris à son approche,

    Peut bien aussi dans votre poche

    Vous faire trouver de l'argent.

Vous ne me croyez pas, dit l'abbé sans colère;

Eh bien! en me fouillant, je vais vous satisfaire;

Heureux ceux qui, sans voir, ont été convaincus!

De ma poche un denier ne pourra pas s'extraire,

Voyez plutôt.... Miracle! un... deux... et trois écus!

Prosternons-nous, ami, le ciel se manifeste;

De Dieu dans ce moment les regards sont sur nous.

Proclamez ce bienfait de la bonté céleste,

    Et prenez tout l'argent pour vous.

Bientôt, dans le pays se répand la nouvelle

Du miracle bien avéré ;

Au lieu même on allait construire une chapelle,

    Et l'y voir dûment consacré,

    Quand, pressé par sa conscience,

Le bon abbé revint au bout de quelque temps

    Éclairer tous les habitants

    Ainsi que lui trompés par l'apparence.

Auprès de vous, dit-il, me voici revenu,

    Afin que le vrai soit connu.

Notre religion, si sincère et si pure,

N'eut jamais, grâce à Dieu, besoin de l'imposture.

Du culte des Païens la fraude était la loi ;

Les Chrétiens, plus heureux, ont mieux fondé leur foi.

Un fait tout singulier, dans ma surprise extrême,

M'a fait crier miracle ! et j'y croyais moi-même ;

    Cependant, ce jour-là, le ciel

    N'a rien fait de surnaturel.

    Sachez que j'ai dormi naguère

    Près d'un riche abbé, mon confrère ;

Que pressé de partir au lever du soleil,

Les yeux encor voilés d'un reste de sommeil,
Par une grande erreur que ma raison condamne,
De mon ami dormant j'endossai la soutane;
Lorsque plus tard, certain de n'avoir pas un sou.
Je trouve des écus tombés je ne sais d'où
Dans la poche qu'alors je croyais bien la mienne,
Au miracle j'ai pu penser d'abord sans peine.
Telle est la vérité dans toute sa candeur;
Croyez-la, mes amis, la raison vous l'ordonne;
Priez Dieu, soyez bons et ne trompez personne,
De l'Éternel un jour vous verrez la splendeur;
Adieu.... Ces habitants, du prêtre voyageur,
Ne crurent nullement la parole si claire.

    Pour leur esprit persuadé,
Le miracle était fait, rien ne put le défaire;
Comme article de foi le pays l'a gardé,
Et l'honorable abbé, qui fut si véridique,

    Par ces gens traité d'hérétique,
Obligé de s'enfuir, fut presque lapidé.

En vain la vérité se met en évidence,
Le merveilleux toujours restera son vainqueur;
Et l'on a plus de peine à détruire une erreur
　　Qu'à faire naître une croyance.

VI.

L'ÉPINGLE.

—

CONTE.

Je ne sais où j'ai pris ce que je vais vous dire,
    Car je ne l'ai pas inventé;
Un ami me l'aura sans doute raconté.
Moi, pour passer le temps, j'essayai de l'écrire.

Quoi qu'il en soit, voici le fait.

De son sort un jeune homme étant peu satisfait,

Arrivait dans Paris, du fond de la province.

Son espoir était grand, mais sa bourse était mince.

A chercher une place il s'était décidé.

A l'un de nos banquiers, fort bien recommandé,

Après s'être embelli d'une mise élégante,

Une lettre à la main, joyeux, il se présente;

Mais quand il croit tenir cet emploi qui le tente,

Par le banquier maussade il est réprimandé :

Vous venez, m'écrit-on, de Brive-la-Gaillarde;

Retournez-y bien vite, et que le ciel vous garde!

Dans votre sot pays, messieurs, vous croyez tous

Que la Fortune ici vous donne rendez-vous;

Et la plupart du temps, sans faire aucune étude,

Vous pensez qu'il suffit d'arriver à Paris

Pour trouver aussitôt des places de commis!

Mais pour être commis il faut de l'aptitude.

Quand vous venez m'offrir des visages nouveaux,

Vous ne savez donc pas que j'ai dans mes bureaux

Vingt jeunes employés qui ne font rien qui vaille;

Ils palpent mes écus, mais c'est moi qui travaille.

A les surveiller tous en ces lieux condamné,

Pour le plus court moment si j'ai le dos tourné,

Ces messieurs d'un roman parcourent les volumes,

Parlent de leurs amours en gaspillant mes plumes,

S'esquivent pour fumer et s'endorment parfois!

Bref, ils ne sont exacts que pour toucher leur mois.

J'ai de ces fainéants par-dessus les oreilles;

J'aurais bientôt pour vous des louanges pareilles.

Croyez-moi, regagnez votre département.

Dans la sous-préfecture ou l'enregistrement,

L'on pourra, tôt ou tard, vous donner une place;

Mais ici, sans trouver rien qui vous satisfasse,

Vous mangerez l'argent, dont vous avez si peu.

J'en suis fâché, mon cher; je vous salue, adieu.

Le jeune homme, penaud, tire sa révérence,

     Convaincu que pour en finir

Il ne lui reste plus qu'à faire retenir

Sa place dans la diligence.
Quand il ouvre la porte, afin de s'en aller,
Tout haut et par son nom il s'entend rappeler ;
C'est la voix du banquier : Venez donc, qu'on s'explique,
Lui dit-il ; savez-vous un peu d'arithmétique ?
Pour tenir un grand livre auriez-vous du penchant ?
Mettez-vous là, voyons ce que vous savez faire ;
Ne vous effrayez pas de voir mon caractère,
Je suis vif, mais au fond je ne suis pas méchant.
Chacun s'étonnera de cette humeur changeante,
Qui dans si peu de temps se montra différente ;
En voici la raison. Après s'être baissé,
Le pauvre diable avait en partant ramassé,
     Loin de la trouver méprisable,
Une épingle, qu'il mit avec soin sur la table,
     Et que le banquier avisait.
     Ce dernier dès lors se disait,
Changeant d'opinion sur le brave jeune homme :
Il ramasse une épingle, il doit être économe ;
Avec précaution en place il la remet,

Cela prouve de l'ordre, et voilà qui promet;
Ce n'est pas encor tout, quand mon refus l'afflige,
 Cet excellent garçon m'oblige
En prenant quelque soin de ma propriété;
  Sans doute il a de la bonté,
  Puisqu'il se montre sans rancune.
Bien que trompé vingt fois, essayons encore une,
Peut-être qu'à la fin je vais bien m'adresser.
Un employé de plus, ce n'est pas grande affaire;
D'ailleurs, à le garder rien ne peut me forcer,
Si son travail n'a pas de quoi me satisfaire;
Je le prends. Au banquier ce fut très bien penser,
Car ce commis était un vrai sujet d'élite.
On louait à l'envi ses travaux, sa conduite.
Jamais à la besogne il n'arrivait trop tard;
 Et dans sa modeste demeure,
Pour être matinal, il rentrait de bonne heure,
N'allait pas fréquenter de *Musard*, de *Chicart* ([17])
Ni les bals indécents, ni les sales orgies,
Et quand, pour s'amuser, il allait quelque part,

Ce n'était pas aux *tabagies*.

Ainsi, n'imitant pas ce type du flâneur,

Pilier du boulevard, intrépide fumeur,

Par qui la promenade est si mal parfumée,

Il ne dissipait pas son argent en fumée,

Afin de mieux payer son terme et son tailleur;

Sans compter que souvent, de sa pauvre famille,

Il complétait de plus le revenu borné.

Le vieux banquier, tout fier de l'avoir deviné,

Le donna pour époux à son unique fille,

Dont le cœur, dès longtemps, souriait aux projets

De cette honorable alliance;

Car, malgré les propos que tient la médisance,

Le beau sexe n'est pas pour les mauvais sujets.

Le vieillard, profitant de cette circonstance,

A son gendre remit les soins de sa maison;

Bientôt du nouveau chef le savoir, la raison,

Étendent son crédit jusques au bout du monde.

L'estime qu'il inspire alors est si profonde,

Que, sans nulle promesse et sans avoir flatté

Messieurs les électeurs, il devient député.

Dans la chambre, investi d'une grande influence,

Qu'il ne dut pas au bruit d'une vaine éloquence,

Il allait droit au fait, disait peu, votait bien,

Et ne se croyait pas moins bon logicien

Que tant de beaux parleurs, qui devraient bien se taire.

Un jour il arriva que certain ministère

    A partir s'était résigné.

Notre jeune banquier fut partout désigné

    Pour administrer les finances.

A ce poste épineux, sa plume n'a signé

    Que d'honorables ordonnances ;

Pour modérer l'impôt modérant les dépenses,

Il savait rendre clair le budget du pays.

Au milieu des devoirs qu'il n'a jamais trahis,

Du pouvoir il n'eut pas la dangereuse ivresse ;

    Enfin, jusques à la vieillesse,

Estimé des partis, en tous lieux respecté,

Il trouva le bonheur et la célébrité.

On dit que ses enfants ayant eu la faiblesse
De vouloir s'affubler de titres de noblesse,
Il fit peindre d'abord, dans leur blason obscur,
　　　Une épingle sur champ d'azur,
Et, pour mieux rappeler l'origine commune,
　　　A ses fils il disait souvent :
A qui montre du cœur, de l'ordre, du talent,
Une épingle suffit pour fixer la fortune.

ÉPILOGUE.

J'ai bien moralisé tout le long de ce livre,
J'ai donné des avis que les hommes vont suivre,
    Le monde en ira beaucoup mieux.
L'on ne reverra plus de fripons, d'envieux,
De riche impitoyable ou d'orgueil toujours ivre,
De méchants colporteurs de bruits calomnieux.
Bannissant la chicane et délivrés du crime,
Nous rirons du fatras de tout docteur en droit,
    Et l'on n'apprendra plus l'escrime
    Qu'afin de se tenir plus droit.

Le lien conjugal sera sacré, sincère;

   Toujours aimés sur cette terre,

Vieilliront sans chagrins pâtres et potentats;

Dans un homme toujours l'homme verra son frère....

Tu rêves, fablier; d'aussi grands résultats

Ne sont pas réservés à ta muse légère.

Sur un succès douteux garde-toi de compter,

Il faut de beaucoup moins te savoir contenter.

  · Si d'un être dans la souffrance

Ton opuscule a pu ranimer l'espérance,

S'il a su le soustraire au plus petit danger,

Si du moindre travers il le peut corriger,

   En te rendant meilleur toi-même,

   Ne regrette pas tes accents;

   Et si parmi les bonnes gens,

   Lecteurs à ton livre indulgents,

   Tu vois un cœur de plus qui t'aime,

   Tu n'auras pas perdu ton temps.

NOTES.

LIVRE PREMIER.

FABLE PREMIÈRE.

(1) On sait que La Fontaine est né dans Château-Thierry le 8 juillet 1621.

Le croquis représente le bonhomme rêvant près d'un arbre du cours où il passa la journée entière malgré la pluie et le froid.

FABLE XII.

(2) A chaque révolution, les parcs réservés des environs de Paris sont envahis tout à coup par une multitude de chasseurs improvisés. Il n'est garde-chasse qui tienne, et le gibier, qui espérait peut-être un autre sort, ne trouve qu'une autre broche.

FABLE XXIII.

(3) Dans une comédie dont le succès fut très populaire (*la Petite ville* de Picard), un personnage ridicule nommé *Rifflard* se montre toujours portant un vieux parapluie; de là le nom de *Rifflard* donné familièrement à ce meuble lorsqu'il est d'une forme surannée.

LIVRE DEUXIÈME.

FABLE IV.

(4) Ce malheur est arrivé il y a quarante années environ.

FABLE X.

(5) Je glissai cette fable parmi les titres sur lesquels je croyais pouvoir appuyer ma demande d'admission à la Société philotechnique. Ma cause n'en devint pas, je crois, plus mauvaise.

FABLE XII.

(6) Des faits semblables sont rapportés dans plusieurs observations d'histoire naturelle.

FABLE XXI.

(7) Alberoni (Jules), né à Plaisance le 31 mai 1664, d'un père jardinier, qu'il seconda jusqu'à l'âge de quatorze ans. Ce jeune homme, qui pensait avoir fait sa fortune en obtenant une place de *clerc-sonneur* à la cathédrale, devint successivement cardinal, grand d'Espagne et premier ministre.

LIVRE TROISIÈME.

FABLE IV.

(8) Voir au jardin des Tuileries la belle statue de Spartacus, ouvrage de notre ami Foyatier.

FABLE V.

(9) L'ancienne salle Saint-Jean, autrefois chapelle du Saint-Esprit, était une dépendance de la préfecture de la Seine. Enlevée au culte,

elle fut sans destination pendant des années. Depuis, les préfets l'ont généreusement mise à la disposition des sociétés académiques, qui tenaient là leurs séances publiques. Le chat en question y était fort connu ; il assistait sans doute à la solennité dans laquelle l'auteur a lu cette fable.

FABLE IX.

(10) Dans ce temps où l'on oublie si vite les services rendus et les hommes d'élite qui s'éteignent, il m'est doux de publier cet apologue ; il fut écrit lorsque M. Laplagne venait de quitter honorablement le ministère. Pourquoi faut-il que des regrets amers et prématurés viennent se mêler aux sentiments de haute estime, de reconnaissance et d'attachement qui dictèrent cet opuscule.

FABLE XII.

(11) Voyez *Recherches sur les ossements fossiles*, où l'on rétablit les caractères de plusieurs animaux dont les révolutions du globe ont détruit les espèces. — Par G. Cuvier ; Paris, 1821-22-23.

FABLE XVII.

(12) Le général Tom-Pouce est un nain que tout Paris a pu voir dans ces derniers temps. Ce triste phénomène a souvent paru sous les costumes de l'ancienne cour. Il n'était réellement pas plus haut qu'un chien de moyenne taille lorsqu'il se tient debout.

FABLE XVII.

(13) Vestris (Gaetan, Appoline, Balthazar Vestri dit :), célèbre danseur né à Florence le 18 avril 1729, mort à Paris le 23 septembre 1808. Il avait pour le moins autant de vanité que de talent ; il eut un fils qui marcha, ou plutôt sauta sur ses traces.

FABLE XXII.

(14) La plupart de ces petits ouvrages ont été lus en public. La fable en question, dont je n'ai pas emprunté le sujet, fut bien reçue par un nombreux auditoire le 14 décembre 1834, et *imprimée* vers la même époque.

Le charmant dessin que l'on voit ici, daté de 1847, ne peut faire allusion qu'aux déplorables excès de 1793.

ANECDOTES ET CONTES.

(15) Ce trait se lisait dans plusieurs journaux à la date des 15 et 16 mai 1843.

(16) Vincent (François-André), peintre d'histoire, né à Paris le 5 décembre 1746, mort dans cette ville en 1816, fut élève de Vien, et devint professeur à l'Académie, membre de l'Institut et de la Légion-d'Honneur. Un de ses plus beaux ouvrages représente *le Président Molé résistant aux factieux*. MM. Heim, feu Meynier, Picot, Horace Vernet, membres de l'Institut, furent guidés dans la pratique de l'art par ses leçons toutes paternelles.

Dans le spirituel croquis fait pour cette anecdote, notre ami Pérignon a copié fidèlement le visage du bon Vincent d'après un portrait authentique.

(17) Noms de deux bals publics dans lesquels la tenue était loin d'être irréprochable.

TABLE ALPHABÉTIQUE

DES FABLES.

ANECDOTES ET CONTES.